秦淮河里的美人鱼

赵志明 著

人民文学出版社

图书在版编目(CIP)数据

秦淮河里的美人鱼/赵志明著.—北京:人民文学出版社,2024

ISBN 978-7-02-018299-2

Ⅰ.①秦… Ⅱ.①赵… Ⅲ.①短篇小说-小说集-中国-当代 Ⅳ.①I247.7

中国国家版本馆 CIP 数据核字(2023)第 196274 号

责任编辑　胡司棋　任　柳　曹敬雅
装帧设计　钱　珺

出版发行　人民文学出版社
社　　址　北京市朝内大街 166 号
邮政编码　100705

印　　刷　杭州钱江彩色印务有限公司
经　　销　全国新华书店等

字　　数　133 千字
开　　本　787 毫米×1092 毫米　1/32
印　　张　6.875
版　　次　2024 年 1 月北京第 1 版
印　　次　2024 年 1 月第 1 次印刷

书　　号　978-7-02-018299-2
定　　价　45.00 元

如有印装质量问题,请与本社图书销售中心调换。电话:010-65233595

目录

辑三　秦淮河里的美人鱼

寻找"美人鱼"的旅程

人的一生，从问世到辞世，大抵要经历很多次别离。江淹说："黯然销魂者，唯别而已矣。"正因为如此，小时候读《神雕侠侣》，看到独臂大侠杨过打出一套"黯然销魂掌"，虽然年幼不懂事，心里竟然也难过得很。待到进了大学，看周星驰主演的电影《食神》，比及黯然销魂饭出锅，眼前的无厘头喜剧让人顿生大悲之感。

《秦淮河里的美人鱼》是我最新一部小说集，此前几年，经历的别离之苦，远甚于过去二十年之和，以至于其间所写的小说，无不浸透了"爱别离"的无奈和悲恸。也是在这几年中，与朋友与自己念叨最多的竟然还是金庸小说中的"偈语"。那是《倚天屠龙记》里明教教众坦然受死时所吟唱的："怜我世人，忧患实多。"可惜忧患太多了，即使举头三尺有青天，上天还能看得过来吗？

说回人生。漫漫人生路，离别当路牌。少年郎求学，辞家离乡，少不得回望故乡；中年人为了生计漂泊在外，如孤舟在浩瀚风浪里，时刻思家以为锚；老年人渴望落叶归根，可惜沧海桑田人世变幻，不知道还能不能归得故里。我经历了少年，步入了中年，即将进五进六。人生不满百，忽然过其半。寻思过往经历，很是感慨一事无成。

这大概就是我在创作所辑入小说的心境。如第一辑"弦上"，虽则围绕成长铺染点缀，但离别昭然若揭，于是到了《高处》，主人公就被命运眷顾到，随着探测队离开了故乡，一路漂泊，再回来时已是枯槁鹤发的老人家。如第二辑"流动的盛宴"，即使在一个城市里，流动性也让相遇和离别时刻发生，那种被裹挟的汹涌态势让人身在其中，载浮载沉，倏忽而过，即使生死一线，也来不及回头。如第三辑"秦淮河的美人鱼"，男女的邂逅相爱、相濡以沫、坚守经年，所有坚固的也难敌命数，终究烟消云散。

感谢邓安庆君。这部小说集我原拟以《一段旅程》为书名，借回顾旅程，蕴含着"终结"之意，虽然有些郁郁寡欢，却也是实情心境；安庆反复斟酌之后，建议用《秦淮河里的美人鱼》。这篇小说写的自然还是别离，但这段相遇和别离如梦似幻，既有传统的童话色彩，又显示出当下性和时代性。小说家鲁敏曾问我："为什么会写这样一篇小说？"我很明白她的问意，我也很清楚我的为什么，但终究还是答非所问，顾左右而言他，没有细说。我也像那个徘徊在秦淮河畔的老人，用网兜不停地在水里捕捞着"美人鱼"。

捕捞到，自然证明有之；捕捞不到，却不能证明无之；所以我辈只能不停地捕捞下去。

2023 年 6 月 18 日

辑一

弦　上

弦 上

一

父亲去世的第二年，少年病了。脸色蜡黄，时不时鼻血突蹿。有时是白昼，少年便仰面朝天，从棉袄的夹层很快抠出几小簇棉花，团成塞子样，撑满出血的鼻孔。有时是深夜，少年便从用作床垫的棉花毯子里摸索着捻出一段老棉絮，揉成蓬松的小球形状，填进鼻孔里。不经意间，棉袄的夹层变薄钻风，枕头下面的棉花毯子也被挖出一个洞。

两个鼻孔几乎不会同时流血，好像商量好专门留出一个呼吸的过道，除非挨揍或碰壁。这让少年颇为惊讶。

母亲看到少年单薄的身影映在灰墙上，像一幅张贴了十几岁的旧画，这才察觉少年的精气神大不如从前。可怜的母亲，还以为这是丈夫去世造成的持续影响。娘的威风爹的势，没爹的孩子到处受欺，这是可以想见的。母亲没想到少年病了，还病得很重。

少年自己也不知道。平时恹恹的，对什么都提不起兴致，吃饭没有胃口，像患了嗜睡症，沾上枕头就能睡着，上课时坐着也会不停打瞌睡，最让少年后怕的是有一次放学骑车回家，下坡时上眼皮沉重，抬也抬不起来，结果轧到了一条大黄狗。

狗这么灵敏，居然被前轮从身上碾了过去，惊恐不已，呜呜地叫着转圈，疼痛像一道道黑色鞭影烙在身上，逼得狗想要找一条地缝钻进去。

骑在车上的少年，被狗的脊梁骨硌得失去平衡，像被门槛绊住了脚跟，随即跌落到路边，大脑一片空白。平躺的自行车上两个车轮打着空转，前轮略高于后轮，速度上也更快一些，像电影放映机上两个圆转盘沙沙地响。少年没有看到具体的电影画面，在泥地上趁势睡了一小会儿。好在自行车和身体均无大碍，车龙头、脚踏板、链条、膝盖和手肘处都没有损伤，酸痛感也很快消除。少年爬起来，拍拍衣服裤子上的灰，骑上车回家。

此后，那条大黄狗倒落下心理阴影，平时靠着家门口嚣张惯了，遇到生人或者上下学的学生都会狂吠不止，反复作势欲扑，只是怕了少年。远远嗅到少年骑车经过，便夹住尾巴落荒而逃，像欠了一屁股债。

姐姐回娘家，发现平时讷言少语的弟弟更不爱说话，且小心避着什么似的，把少年强行拉近到身边，抬头低头间，到底还是看透鼻孔里的花样。少年也怕被旁人瞧出端倪，有意将棉花小球揉成黄豆粒大小，在鼻孔里滚来滚去，像山精水怪炼成的一颗宝珠。亏着那个流血的鼻孔不怎么出气，不然肯定会被气流喷飞，像《魂斗罗》里从枪管里射出的霰弹。此时血虽然已经止住，但流鼻血的感觉隐隐还在，鼻孔里似乎被蹚出了一道血槽，看不见的血液在其间反复泄流。

待少年遮遮掩掩取出鼻子里的异物，姐姐顿时皱起了眉头。棉花小球沾了血迹，看上去更显陈旧，也很不卫生。

鼻子怎么了？不会变成沙鼻子吧？姐姐问。

少年站着，还是不说话，轻微摇晃身体，像叶子枯黄的树苗在风势里坚持不倒。左右鼻孔不停互换位置，以此形成迷惑，让随时都可能不安生的血液不得其路而出。

发育头里鼻子出血不要紧，但不能用不干净的东西去堵，会对粘膜造成感染。姐姐的声音被冷风吹细了。姐姐说的是对的。

隔了没两天，姐姐又回，这次带来一种滴鼻酊。姐姐让少年躺下。少年乖乖听话。正午的光线下，少年的鼻腔内壁粘膜泛着红光，像漏网上涂了一层暗锈。

疼吗？姐姐问。

少年平躺着，感觉两只眼眶和鼻孔粘膜正处在同一水平线上，眼睛睁得也和鼻孔一样大，酸涩感便由此畅通一片。一滴冰凉的药剂落进左边的鼻孔，然后是右边和另一滴。两滴药剂在鼻腔里先后绽开、渗透，细细长长地流进嘴巴和眼睛里。嘴巴尝到了苦，眼睛也受到刺激，泪水顿然淌了出来。

不疼。只是有时感到痒。里面那层蜂蜜板一样的黏膜壁变薄了，血就一下子涌出来，像水冲倒了围筑起来的坝。

少年一说话就后悔了，那股冰凉的味道竟然滑入喉咙。人被呛到了，同时还有点反胃。

姐姐临回去前又仔细叮嘱一番，这是滴沙鼻子的药，用过的人都说效果特别好。每天早晚两次，连续滴上一星期。一个星期后如果鼻子还是流血，就要去医院做检查。

那瓶药剂于是放在床头的抽屉桌上，里面盛着暗褐色的液体。也许瓶子是暗褐色的，液体是鲜红色的，像流出的鼻血。少年拿起瓶子，用拇指和食指上下捏住，摇一摇，晃两晃，感到液体变浑浊了，里面应该含有多种成分，也像血。

母亲进来，问少年滴药水了没有。少年不愿意母亲插手这件事，母亲是左撇子，做什么都像映在镜子里，便撒了个谎，声称早就已经滴过了。母亲有些怀疑，真的滴过了？为了让母亲相信，少年详细描述了一番无须依靠旁人他手帮助，具体是怎么滴的。等到母亲离开房间，少年才依葫芦画瓢，照着刚才的话做。仰面躺到床上，把脖子搁在床沿，头颅便顺势沉了下去。少年捏田螺一样倒拿着瓶子，慢慢对准鼻孔，往左边挤了一滴，往右边也挤了一滴。这个动作很像浇花。少年的两个鼻孔里好像真的藏有两朵花，红得发暗的鸡冠花。

药起了作用。很长一段时间以来，少年不敢打喷嚏，担心一用力鼻血便狂喷出来，再也止不住，这么害怕着，真的一个喷嚏也不打。点了几天药水后，少年终于打出一个震天响的喷嚏，双脚也几乎跳了起来，赶紧用右手紧张地罩住鼻子。过了一会儿，发现手心里湿湿的，只是汗，没有血，这才放心。两个鼻孔都通畅了，滤网也被修复一新，结实得让人想伸进手指去捅一下。

好不容易不流鼻血了，少年又觉得百无聊赖，似乎手忙脚乱地应付流鼻血也成了一桩不可多得的消遣，能让人打发时间日复一日的流逝。少年怀念体内鲜血刹那间失控的突发意外，一两滴鼻血溅落桌面或地面绽放的图案，犹如鲜血梅花，渐渐隐晦，成为朵朵墨梅，最后被清水洗去或者被灰尘覆盖或者被一把火吞噬，不复可见。像水花，像火花，像雪花，像冰花。因为血液里面有水，有火，有雪，有冰。像彼岸花。因为血液里面有一条阴暗的彼岸。

母亲误以为少年的阴郁消瘦，源于身体的营养都随鼻血流出了体外。就像化肥刚撒到水田里，又在田埂上开缺口放水，肥水便尽数流失。

这么一耽搁，几个星期转眼过去，少年的鼻子已经完全无碍，但病变在印堂、眼球、人中、嘴唇、舌苔、指甲处尽显无遗。印堂发暗。眼球蒙上血丝。人中歪斜。嘴唇发乌。舌苔惨白。指甲上的小太阳全都消褪。母亲这才发急，意识到少年病了，且病得不轻。

怎么不早说呢？怎么不早说呢？母亲的话里更多的是自责。

少年不说话，反而有些释然，似乎期待着生病，甚至由生病带来的某种更坏结果。

至此，距离父亲去世接近一整年，父亲去世后笼罩这个家庭的悲伤、凄清、寒意和无助，依然没有散走，那是因为亡魂徘徊未去吗？

二

母子去乡卫生医院。少年整个人显得游离、碍呆，伸出手让男医生把脉，张开嘴让男医生察看舌苔。男医生又翻看少年的左右两边眼睛，还用到了水银温度计和听诊器。在把温度计递给少年前，男医生使劲甩了好几下。少年目不转睛地看着，担心脆弱的玻璃泡会撞到桌角，应声而碎，然后水银泄地。诊头伸进毛衣里，隔着衬衫贴住左胸好一会儿，像雨蛙不动声色地趴在那儿的肚皮上，又像雨蛙额头处升起如气球一般的鼓膜，捕捉心脏跳动中的杂音。玻璃的温度计和金属的诊头都是凉凉的，慢慢被捂热，显得发亮。

快进入腊月，天气阴冷，脚下的路，院子里树木的枝丫，桥上的水泥栏杆，穿在脚上的鞋子，坐的椅子，躺的病床，都冻得铁般实硬。

男医生面无表情，拿笔在纸上刷刷写着，记下体温、心率、病因、病名和病情，依据此，又开出了长长的药方单子。少年吊着脖颈觑看，那蝌蚪矩阵般的字迹却是很不好辨认。

接着是吃药，打针，吊盐水。

当天便要连吊两瓶盐水，好几个小时。少年看着盐水瓶的盐水流进管子，再通过针尖注射到静脉中。除了最初扎针的疼痛，盐水滴进血管，融入血液中，几乎不可察觉，时间一久甚至产生了麻木，和流鼻血完全不一样。少年没想到一进一出之间差别这么大。管子很长，像被抻直的肉色蛔虫，也像寒山石径，中间那个速度调节阀更像白色溪流上的水车。少年没见过现实中的水车，历史书中不乏水车的画像，画中的男子用双脚使劲踩踏水车，身体和水车融为一体，很辛苦，像受刑。

如果盐水滴落的速度快一点，再快一点，说不定就能让调节阀的齿轮转动起来，并且越转越快。慢产生经久不散的眩晕感，在白色医院里累积扩散。静脉注射的缓慢，时间流逝的缓慢，成长蜕变的缓慢，使得少年焦虑甚至绝望。只有快，才能让少年莫名亢奋起来，苍白的面色爬上一层潮红。

趁着母亲去买中午吃的食物，少年询问四处走动查看情况的女护士，能不能让盐水流快点？

少年觉得，盐水一滴一滴之间的间隔太长了，有时眼睛眨了好几下，新的一滴依然没有落下。

女护士冷冰冰地拒绝，流快了身体会吃不住。

少年不说话了，眼睛再没地方可看，索性闭住。害病了身体吃不住，治病时身体也吃不住，身体竟然这么不堪吗，会衰弱、老化、死去。那么，要这身体有何用？身体的成长、发育，又有什么意思！

这是少年第一次到医院看病，显得正式而隆重。此前但凡有些小病小痛，都是去村里的赤脚医生处，不过是开些头痛药、发烧药、拉肚子药，细数起来，加起来还不如吃的梨膏糖多。卖梨膏糖的来了，对村子来说是一桩盛事，因为大人可以听到戏，黄梅戏、越剧、沪剧、锡剧，孩童可以吃到梨膏糖，也称宝塔糖。一来二去，那对夫妻成了父亲的朋友，每回吃住都在少年家中，少年近水楼台，吃到了更多的梨膏糖。

戏文里唱宝塔镇河妖，宝塔糖则专门打肚子里的蛔虫。都说蛔虫会夺去饭菜里的营养，孩子面黄肌瘦，一定是肚子里盘了很多条蛔虫，嗷嗷待哺，油水进肚，旋即被吸光。说得蛔虫都有鼻子有眼。对此，赤脚医生只能大摇其头，放弃了自讨苦吃的解释。

赤脚医生的家也是赤脚医生工作的地方，叫医务所，平时即使没有病人上门，也会聚集一帮闲汉，或者赌博，或者吃香烟闲聊天。只有大病、重病，才会送往乡镇里的卫生医院，比如孕妇、要做开刀手术的病人、病因病情不敢确定的人。

少年不愿意待在医院里，那里虽然住着一床一床的病人，却比家里更安静、冷清。不乏哼哼唧唧的呻吟声，像虚弱的阳光照射在很厚的一层冰面上，不仅无法让冰面下的水感觉到温暖，对冰层也毫无影响，甚至阳光都变得畏寒一般瑟瑟发抖。听说城里的大医院更瘆人，因为病房的隔壁就是太平间，而乡医院是没有太平间的，人死之前直接拉回家，有的死在了半路上。从太平间到仙人山也不远。仙人山就是火葬场。少年刚陪父亲去过。去时父亲的躯体是冰硬的，回时父亲的骨灰是温热的。这就是火葬场的火的影响。往返途中不时燃放大炮仗，俗称二踢脚，砰啪声像炸雷，少年不敢捂耳朵，而父亲根本听不见。少年这时要说：爸爸，记住归家路。声音不免夹带着哭腔，又冷又怕，像牵着亡魂的手。

当地风俗如此，遗体火化的来回路上，过桥时一定要放大炮仗，也要说照应的话，还要扔撒事先准备的铅角子。这是过河钱，防止亡魂回不了家。

等到静脉注射的疗程做完，少年便不用再去医院，安心在家休养，按时吃药，按时去医务所打针。母亲倒是经常上街，早去早回，因为医生再三叮嘱要改善家中伙食，让病中少年的营养跟得上。实在太忙的话，只能央求邻居买了带回来，有时是一块瘦肉，有时是一条鲫鱼。肉是做肉汤，鱼是熬鱼汤，味道都要偏淡，少年吃得直皱眉头。

半个月后，母亲带着少年去医院复查，依然是把脉，看舌苔和眼睛，量体温，听诊。末了，穿着白大褂的男医生将听诊器的耳塞取出，垂挂在胸前。少年很想一把抢过来，自行听诊一下，看心脏跳动的声音是不是真的像战场上的鼓声。

男医生说，情况不乐观，看样子小囡的病又翻塘了。男医生向母亲建议，最保险的办法，是同时配副中药吃着，中西药一起用，双管齐下试一试。

少年的病迟迟不见好，母亲到底慌着了，央告男医生，多吃药，多打针，多吊盐水，行不行？

男医生听得笑起来，治病又不是种地，就算种地，种子、化肥、农药多了也不见得是好事。

母子俩都心事重重，一步一挪地离开医院，去隔壁的大药房抓取中药。母亲源于心理压力大，少年则是因为双脚站麻了。柜台里的人也是一位男医生，穿着白大褂，从一格格抽屉里取出各种名目的中药，上秤量取，再用牛皮纸包好，外面系上细麻绳。手法娴熟，纸包方方正正，如果上面再垫一张红纸，拎在手里十足像春节走亲戚时提的礼盒。少年嘴里快流出涎水。就要过年了，少年特别想吃甜的东西，红豆糕、绿豆糕、云片糕、蜜枣、寸金糖。寡滋少味的肉汤鱼汤，真是喝腻了，腻到一闻汤味都想哕。

为了煮中药，母亲在堂屋一隅搭了一座简易的灶台，父亲熬过药的药罐现在被少年用着，坐落于两摞砖上，下面填以柴刀劈细的柴火。火光明亮，火上熬着中药，火堆里似还可顺便煨一两颗洋芋或红薯。洋芋和红薯都囤在灰堆里，以防冻坏，拿取不便。少年悄悄攥了把稻谷，不时扔一两颗到火堆上，捕捉微弱的爆裂，雪白的米花在红色火焰中瞬间枯萎，焦化成黑炭，炭粒旋即不见，一缕香气也很快被浓郁的中药味淹没。汤药在罐子里鼎沸着，盖子被蒸汽不断顶开，发出噗噗声。像一个咳得很厉害的人，不断努力把噎在喉咙口的声音挤压出嘴外，双唇恰似河蚌的两张壳，难以撑开，撑开了又唯恐合不上。河蚌的壳，外面黑乎乎，里面则白净雪亮。河蚌的两张壳紧紧咬合在一起，镰刀都难以剖开。如果不是要吃鲜美的蚌肉，谁会费尽辛苦去撬蚌壳呢？

每次喝完中药，去倒药渣的差使都会让少年羞愧不已，抬不起头来。哪怕这是为自己治病的药渣，不是父亲服过的药渣。少年不好意思将药渣倒在十字路口的当中，母亲交代要说的话自然也说不出口。让过路的行人君子把疾病的晦气带走，哪怕少年是完全不相信的，也不愿意对着旷野和西风发出这样的祷词。药渣都被倒于同一个拐弯抹角处，久而久之，隆起如山丘。药汁很苦，药渣怕也是很苦。药渣堆既不会被行人踩到，也没有虫蚁爬进爬出，都避之不及，因而几乎完好无损。每次把新的药渣往上面倾倒，少年心里都会爬上一股子闷闷不乐。父子两处药渣堆紧挨着，相顾无言，其上唯有陈旧的气息缭绕不散。陈旧而不腐烂，一如冷空气笼罩下的冰冻旷野。十字路口位于村头进村处，能看见大片平整的麦地和油菜地。荞麦青青，像刚出茬的韭菜，油菜也还不及脚踝高。两条石子路上都没有行人，其交叉处便有了交谈的意味。

今朝天气冷吧？交关冷了。明朝会下雪吗？会下雪吧。

三

快放寒假了，几个同学带着全班具名填写的新年贺卡来看少年。少年因为生病，办了休学，等到下次学校里再碰到，可能要低一级，不是同班同学了。听着港台音乐，郑智化和王杰都是少年偏爱的歌手，水手、回家、成长、泪水，聊了一会儿学校里新近发生的事情，同学们骑车离去。少年猛想起，生病之后没再骑过车，过去一捏，车子的前后轮胎都瘪嗒嗒，很泄气的感觉。少年想，哪一天打打气，骑车去镇上。镇上有台球室、租书铺、录像厅、电影院。还有哺坊。

父亲去世后，读高三的哥哥便辍学了，母亲四处找人托关系，终于有机会让哥哥去哺坊上班。哥哥日夜跟在师傅屁股后面，眼睛看着，耳朵听着，用心记用心学。师傅高兴了，会夸哥哥进步快，放心让哥哥值夜班，独自查看孵化架上的情况，调整禽蛋位置，使其受热均匀。师傅忙，徒弟更忙。师傅还可以歇礼拜，徒弟却不能轻易请假。一茬茬的小鸡小鸭小鹅孵出来，小户买十来只，大户成百上千只地买。快一年了，哥哥难得回家一趟。母亲特别交代过，没事别回家，要以哺坊工作为重。哥哥告诉少年，哺坊里冬天很暖和，只要穿一层单衣，夏天却很热，热得人脱一层皮。现在是冬天，少年想着若是可以在温暖的哺坊里睡觉，像蛋壳里那些小鸡小鸭小鹅一样，那该是多么舒服。

身体的病症还没好，少年的背上又长出恶东西，于两扇肩胛骨之间的脊椎上，生出一个大疖，像夏天的火疖子，有白头、脓肿，无论是伸手过肩还是从背后左绕右绕，都够不着，俗称"搭背"。少年睡觉时无法仰躺，只能侧卧。乡医院的医生都束手无策，推荐一位老中医，据说有治疗此类疥症的祖传秘方。老中医住在另外一个乡镇，虽然没有隔着十万八千里，去一趟也颇费周折，需要坐中巴车先到城里，再坐另外的中巴车过去，呈一个钝角方向，像打开的剃刀。中巴车有两种，公家的和私人的。公家车班次少，一天只开四趟，见站牌才停靠。私人车活络很多，从早跑到晚，七八趟不止，招手即停。

这个冬天，少年终究还是没有去成哺坊，哥哥倒是破例请了一天假，回来陪少年去看老中医。兄弟俩步行到公路边，一辆私人中巴车刚刚经过，哥哥猛跑了几十米把车拦下。少年也跟跑了几步，感到两只耳朵嗡嗡响，气也喘不过来，出了一身虚汗，才意识到已经有两个月没怎么运动了。司机不耐烦，摁喇叭催促。哥哥一只脚踩在地上，一只脚跨在车上，不让车子开动，等少年走近。少年上了车，一张脸已经像锡箔纸一样。

过年在即，车上不缺乘客，司机不太情愿等人。有等人的工夫，他能多跑一趟车，赚得更多。

有个坐着的中年人问哥哥，小囡面色不对，是不是病了？哥哥点头。那人便让出座位给少年。

长这么大，少年独自也进过好几趟城，进城的路一直变化不大。所经过的村庄，售票员都会提前报站名，有的有印象，有的没印象。过河过桥的时候，少年耳畔似乎依旧回响着二踢脚撕裂天空的炸响。如果坐在靠窗位置，说不定还能看到圆圆的纸钱和闪闪发亮的铅角子。

兄弟俩在客运总站又换了辆车，摇摇晃晃开向传说中的老中医。因为是上午，进城的人多，出城的人少，少年终于坐到了靠窗座位，可惜沿途景象全然不同，地名一概陌生，连售票员的口音也有变化。

突然，少年看到了仙人山。原来这条路也会经过仙人山。为什么火葬场要修在一座叫仙人山的山脚下？仙人山和仙人有关系吗，是不是曾经真的居住过仙人？一根巨大的烟囱喷云吐雾，像是一个躺卧在大地上头枕山梁的男人正在悠闲抽烟。条条大路通罗马，所有的人生都指向一座仙人山。送君上青山。为什么死者入葬会被称为"送上青山"？少年的心头充满了问号，一时默不作声。

到了镇上，已是晌午，兄弟俩寻小馆子吃了碗面，然后一路打听老中医的医馆。老中医年龄大，看上去不显老，显然是保养得好。看到哥哥年纪轻轻白头发就有很多，老中医上来先推荐一款首乌洗发水，国际巨星成龙担任形象大使，然后饮一口浓茶，慢悠悠开口，让少年把上衣都脱掉。

见少年迟疑，老中医便说，小伙子，不脱衣服怎么看背上的东西？

少年三下五除二脱掉了棉袄、两件毛线衣、衬衫。受冷气一激，身上顿时起了一层鸡皮疙瘩，像细密的鳞片，背中间蓬起一个鸡米头。少年如同一只赤了膊的小雄鸡，瘦骨嶙峋，缩着背，有点难为情地把背上的东西亮给老中医看。

老中医用指肚轻轻贴住，微微用力，问，疼吗？疼。少年觉得疖头里面在翻江倒海。老中医揉了几下，继续问，现在呢？疼痛往下走了吗？少年觉得脓液似乎都要喷出来。疖头形同炸裂，但不是那种钻心的疼。老中医净了下手，说，不碍事。不是毒龙钻，根子没有连到脊梁上。贴上几副膏药，化瘀拔脓，春节前保证生龙活虎。

哥哥跟着老中医去付钱取膏药，少年穿上衣服，走来走去闲看。老中医的医馆规模比村医务所大，但比乡医院小，主要有接诊处、药房、值班室。接诊处里最醒目的是一幅横匾，上面写着"妙手仁心"。药房有三间，房门都紧闭。值班室里坐着老中医的两个助手，一男一女，都是他的徒弟，还有一大排泡在罐子里的药酒，少年认识的有蛇、龟壳、人参、枸杞，都贴着标签。

少年畏惧蛇，不敢走近细看，问徒弟们，这也是药吗？

男徒弟回答，是咯，绝好的保健药咯。越毒的越有效咯。气血不好的老人家喝了，更有益处咯，延年益寿咯。

女徒弟吃吃地笑，说，年轻人要是喝了，就会流鼻血。

看女徒弟的年龄应该和哥哥差不多大，脸红扑扑的，两只手上都有冻疮。少年想，老中医的徒弟，手上居然也生冻疮。

老中医和哥哥很快回转来。老中医用汤婆子暖手上的膏药，说，贴前最好在火上烤一下，待膏药有点炀了，再捂上去。两天一换，十天见分晓。为了保险，多开了两副膏药，巩固一下，免得节外生枝。又说，冬天最好不要穿的确良衬衫，毛线衣容易起静电，的确良过电，对皮肤不好。

说着，示意少年把上衣再脱一遍，将膏药放平在右掌，缓缓贴到少年的背上。热热的，像火焰掌。少年再穿衣服时，明显感觉到背上的皮肤被膏药拉紧了。

兄弟俩告别老中医，沿原路返回，到家时天已经暗下来。哥哥晚饭也来不及吃一口，骑车回哺坊过夜，晚上还要值班。

白天时，母亲把少年的被子床褥都换了，褥子下面还特意铺了一层稻草。少年侧身躺在上面，听到干净稻草的摩擦声，像稻草们在窃窃私语。晚上做梦，梦见生出了一床蘑菇。

三副药膏贴完，"搭背"豁然消肿，五副之后，连白头也脱落。母亲犹不放心，用完了最后两副。春节也就到了。

四

年三十这天，少年分配到很多任务。其一是祭祖和焚烧纸钱。这些之前都由父亲操持，兄弟俩当下手；去年是哥哥负责的，少年当下手。今年哥哥在哺坊值班，初二才能回家，歇到初五，又要去上班，任务便落到少年一个人头上。母亲要忙一上午，去街上买菜，烧祭祖的饭菜。一桌祭父系祖宗，一桌祭母系祖宗，这是用的八仙桌，摆放在堂屋心。还有三桌，分别祭外公、父亲和一位去世多年的姑婆，用的是一张小桌一张矮凳，搁在户外。为什么要单独祭，母亲解说过原因。以往是祭外公、姑婆。从去年开始多了父亲。祭祖开始时，要先放小炮仗，再放大炮仗。少年很紧张，用香头去点大炮仗的药信，比给缝衣针穿线还难。好几次药信还没点着，人便吓得跳回屋里，或者即使点着了，却将大炮仗碰倒，结果二踢脚不是飞到空中炸响，而是贴在地面爆炸，失去了"高升"寓意。祭完已经是下午两点多，饭菜回锅热一下，母子才吃上中午饭。其二是贴对联。旁门别户都是红色对联，独少年贴的是绿色对联。贴完两扇对联，少年把门关拢，人站在外面察看上下平齐没有，再将对联默读两遍，联文对仗工整，也朗朗上口。这些都要赶在太阳落山前早早做完。

晚上母亲供灶，在灶头前磕头，额头抵到地上，嘴里衔根稻草，有点口齿不清地进行虔诚祷告。祷告完，少年还要放一回炮仗，这个时候外面已经漆黑一团，大炮仗立于地上，借助门窗漏出的灯光，药信更难以看清楚。父亲和哥哥是敢把大炮仗捏在手上，同时用烟头去烫的。烟头自然比香头的接触面积大。少年便自作主张拆了包烟，点着了拿在手上去放大炮仗。大炮仗放完，烟只燃了半根，少年便把烟两三口抽完了。这是少年第一次抽烟。初一早上，少年独自供灶，开门，放炮仗，又抽了人生的第二根烟。

还没到正月半，上班的上班，开学的开学，地里的活也多了起来。春雨贵如油。要赶在清明前给油菜田点上化肥，一窠一窠地放，费时费力。为了避免化肥给杂草吃掉，还需锄草、削土块，都是耐心活。日复一日的劳作，疲惫堆积，使得母亲的话也少了。

春风呼呼吹，吹绿了大地。油菜和麦子都漫不经心地高过了膝盖，有些生长得快，菜地和麦地上空便有了零星的花朵和穗子。赶蜂人还没有将蜂箱运抵排开，只有形体更小的土蜂忙不迭地闻香采蜜。也有蜻蜓和蝴蝶，在空中跳着霹雳舞的滑步动作。沟渠里的寒冰乍破，水底平铺的青苔上多了一抹黑云，忽而散开，却是蝌蚪孵化出来，快乐地在向阳浅水中游弋，待到长出前后肢，旋即跳入绿色的草丛不见。

河埂上插根柳枝都能成活的时令，少年觉得偃旗息鼓的体内突然蹿出了一股股活力，头发长得更快，再不剪活脱脱像个女生。

周末上午，同桌骑车来看少年。初中差不多两年半时光，两个人无话不谈，在学校里形影不离。春节后毕业班分班，同桌被分到差班，升学无望，已经准备参军入伍。同桌个高，身体敦实，手脚力气都很大，嗓门也很大，完全符合军人的形象。少年不免一旁跃跃欲试地羡慕。同桌骑车载着少年去镇上，先理发，再去哺坊看哥哥，在哺坊里顺便蹭了顿中饭。烧饭阿姨手艺很好，少年一口气吃了两碗米饭。

哺坊里真的很热，捂出一种类似宰杀的鸡鸭被开水烫浇后散发出来的味道。哥哥解释说有些受精蛋孵不出来，变成了旺蛋，可能这就是禽类夭折的味道。哺坊也很高，比寻常人家住的砖瓦房高，比两层小洋楼略矮一些。孵化室进出的门用很厚的帘子隔着，没有窗，好几排日光灯都亮着，还有供暖灯。出了帘子，就是厨房和宿舍，一下子凉爽起来。虽然凉爽，温度也比外面高很多。宿舍的门和厨房的门敞开着，暖暖的阳光透射进来，白墙壁亮得耀眼。歇了一会儿，哥哥又要去盘蛋，戴着手套把孵化器里的蛋挨个翻一遍，有的还要对着光源仔细检查。成千上万枚蛋，即使被几个人分摊，盘完一遍也要近两个小时。少年觉得神奇，似乎有无数只小鸡小鸭小鹅突然出现在地面，像潮水一般淹没过脚踝，绒绒的，痒痒的，臭臭的，像生命一样发出嘈杂的声音，带着暖意。

离开哺坊，两个人准备打一会儿桌球再回家。街边有两家桌球房，一家档次高一点，是在楼房的一楼，里面还摆着一张斯诺克球桌，码球的是一位姑娘。没客人时，姑娘便一个人练球，击球稳准狠，母球走位控制得也好。只是外墙和内壁上都挂着花圈，花圈已经陈旧，显示这家桌球房的老板还做着寿衣生意。少年踟蹰了一下，拉着同桌去了另外一家。四间平房，两间摆了两张花式台案，两间用作游戏室，有玩三国的街机，有玩魂斗罗的小霸王。两个人开了一张桌子，桌面台布居然都很不平整，球在滚动过程中会不时跳起来。球表面也不光洁，布满坑坑洼洼，像一张麻子脸。落袋的球在暗格中滚动，发出夏天的惊雷声，完全就是噪声。少年即使率先把黑八打进，依然很不过瘾，于是又去玩了一会儿游戏，这才依依不舍地回去。同桌先把少年送回，然后再一个人骑车归家。

五

天气越发暖和，捕蛇的人多了起来，大都戴着凉帽，右手提根叉子，左手拎着蛇皮袋。远远望过去，捕蛇的人夹杂在种地的人中间，很容易分辨。种地的人像定格的分界树，捕蛇的人像飘移的流动云。从一个村到另一个村，从一条河埂到另一条河埂，不时箭步跨越，那是看到蛇后扑过去，不时弯腰蹲下，那是把逃窜的蛇牢牢抓住。刚结束冬眠的蛇类，喜欢在裸地晒太阳，动作也相对迟缓，更易捕捉。当地以菜花蛇居多。田埂旁、沟渠里、河岸边，都能看到菜花蛇的身影。浓郁的菜花香味中，夹杂着一丝丝菜花蛇的腥臊味，有经验的捕蛇者，差不多是用鼻子闻出来，而不是用眼睛看到。

少年也动了捕蛇的念头。早晚去自留地上给菜地浇水，少年都会看到菜花蛇，有时一条，有时两条，有时三条，或者是遁去的尾巴，或者是弯曲的全身，或者是突然映入眼帘的扁头。开春之后，听说粮管所旁边的收蛇站每天都能收到几百斤蛇，晚上用货车运走。运到哪里去？是吃掉，还是放生？少年一概不知。当看到一只蜜蜂在菜花蛇昂起的头颅上忙碌，误以为是一朵菜花时，少年被打动了。也许，每一朵菜花、每一只蜜蜂和每一条蛇都是孤独的。少年是孤独的。捕蛇人也是孤独的。

　　在少年的认知里，除了菜花蛇是无毒的，其他常见的蛇类，哪些微毒，哪些剧毒，却并不清楚。尤其是对蛇还怀有深深的恐惧，并不仅仅因为蛇是冷血的、有毒的，还因为蛇是迷信的，据说当蛇眼直勾勾看着人时，其实是在细数这个人的头发，一旦蛇数清了头发，这个人便会折寿。如此无稽之谈，往往更深入人心。少年梦里也经常出现蛇，在那条熟悉的田间小路上，挤满了蛇，万蛇攒动，根本没有下脚之处。少年便只能高高跃起，找到能够落脚的空当，垫一下，然后再次跳起。每一次起落之间，无比紧张中都会想要放弃，干脆落在蛇堆里算了。这样的场景在现实中是不可能出现的。少年以为这是梦境的一次无意识拼接。莳秧之前，给犁垦过的土地灌上水，地里的蚯蚓都会爬到田埂上，密密麻麻，逃难似的。少年经常拎着一只桶，把成团的蚯蚓装进桶里，带回去给鸭子吃。鸭子是杂食动物，最喜欢吃的是鱼和蚯蚓。鱼也喜欢吃蚯蚓。这是简单的常识。乡村孩子差不多全知道。乡村里蛇也很常见，但因为惧怕，普通人对蛇并无更深了解，固定在欺软怕硬上，比如菜花蛇是无毒的，便不放在眼里。常有男孩抓了菜花蛇，盘在手臂上或者脖子上，更有甚者，将蛇藏在文具盒里，往往会让不知情的同学吓一大跳。这简直是要人命的恶作剧。至于赤链蛇、土鬼蛇、司墓蛇这些毒虫，成人看见了都会痛下杀手，好像这也是一种生死存亡的较量。

少年想要去捕蛇，全副武装，不像人抓蛇，更像人怕蛇，穿着雨鞋保护脚，戴上手套保护手，另外长衣长裤，以免遭蛇咬，空捂出一身汗，半条蛇也抓不住。即使把蛇踩在了脚下，也把蛇抓在了手里，但蛇身一扭成麻花，蛇眼冷漠，蛇信闪烁，还是吓得赶紧扔掉。方法固然不对，胆子更是没有，尤其是抓了蛇之后干什么，是抓了放放了抓，还是拎到收蛇站卖掉，少年并没有想好。如果不是捕蛇，可能也会去钓鱼。其他的孩子都去上学了，少年因为办了休学，即使病已经大好，还是要等到新学年才能去上学。届时，教室还是原来的教室，老师还是原来的老师，少年却要置身于一帮陌生的同学中间，就像一朵菜花或者一只蜜蜂那般感受着孤独了。

有一个年轻的捕蛇人经过，看到少年缩手缩脚地去抓蛇，笑了，说，这样捉蛇方法不对，需要眼到手到，预先判断蛇游走的方向，一下子按住七寸，蛇就跑不掉了。捕蛇人亲身示范，轻而易举地把蛇抓获，两根手指捏住蛇头下七寸处，夸张地把蛇举到了空中，蛇的尾巴很快圈住手臂。捕蛇人又说，菜花蛇没有毒，完全不用害怕。当然，菜花蛇还是有牙齿的，被咬到了也会很疼。

捕蛇人把蛇放进蛇皮袋，继续往前走。蛇皮袋里面装了很多蛇，能听到蛇在蛇皮袋里游动的沙沙声。有的蛇还不时蹿起来，几乎要隔着蛇皮袋咬到手。捕蛇人的两只手上都没有戴手套，少年很担心。捕蛇人说，放心，蛇要把嘴完全张开，才能咬住东西。

少年不由自主地跟着捕蛇人，一路听讲蛇的种类、习性，舍不得离开。比如蛇的牙齿，被蛇咬到，会留下两个牙印，像对称的两个输液针孔，蛇毒也会像输液一样进入血液。蛇喜欢在干燥的地方出没。都说蛇鳝一窝，其实黄鳝住的是水洞，蛇住的是旱洞，区别很明显。而且黄鳝洞有前后门，蛇洞只有一个出入口，黄鳝滑溜，蛇有鳞片，洞口也是一光滑一粗糙。有人会在黄鳝洞里用钩子钓黄鳝，却从来没有捕蛇人去打洞里蛇的主意。捉住蛇尾巴，把蛇从草根或石缝里拎出来都异常困难，更不用说从蛇洞里了。如果蛇头已经钻进洞，不想把蛇的身子拉断的话，就只能把蛇的尾巴松掉。

少年直起鸡皮疙瘩，但也听得起劲。捕蛇人捉蛇时便站在一旁观看，捕蛇人往前走便尾随在后。哪里有蛇，捕蛇人确实一说一个准，似乎有未卜先知的能力。菜地里不如沟渠边的蛇多，沟渠边又不如大河埂下。七拐八绕，捕蛇人便行走在高高的河埂上。少年想，也许捕蛇人已经超额完成了当天的捕蛇量，走上大埂不过是因为离收蛇站更近。

但捕蛇人说的是对的。没有走多远，两人便遇见了蛇球。这是少年第一次见到如此多的蛇缠绕在一起，在镂空的树根下，裸露的河坎上，一个盘根错节破绽百出的圆，一个不断有蛇掉出有蛇加入的蛇球，生成，变化，像一个巨大的火球，周边火焰喷射，蛇头，蛇尾，蛇信，蛇眼，全都张牙舞爪，冷酷无情。巨大的腥臊味沿着河坡漫卷而上，一下子抓住了少年的双脚。少年吓住了，想要逃得远远的，却苦于根本挪不开脚。

捕蛇人两眼放光，说，能不能搭一下手。少年摇头，终究不敢和捕蛇人一起下到河沿，配合着张开蛇皮口袋，让捕蛇人将硕大的蛇球滚进袋中。捕蛇人只能一个人行动，从装着蛇的袋子外抹下一个空的蛇皮袋，叉子放在地上，只将空蛇皮袋拿在手中，哧溜滑下去，已经冲到了蛇球前。兔起鹘落，捕蛇人左手张圆袋口，右手抄起蛇球，企图全部纳入袋中。群蛇已被惊动，蛇球正在自行瓦解，像飞速的打磨轮上火花四溅。少年屏气凝神，看得心旌摇动。但见清清河水，映照出弯下腰的捕蛇人，变小的蛇球，四下逃窜的蛇。有些蛇慌不择路，飙入水中，飞快地游远。原来蛇还都是游泳高手。捕蛇人右手连续拨动，终于赶在蛇球彻底解体之前将之装入袋中。少年正要欢呼胜利，却听到捕蛇人啊呀了一声，右臂悬垂下来，不再摆动，任由满地蜿蜒的蛇从他身旁退散一空。

怎么了？少年担心地问。

被蛇咬到了，手麻了。捕蛇人泄气地说。

那怎么办？

快下来帮忙。

少年大着胆子下到捕蛇人身旁。现在除了装在蛇皮袋里的蛇，眼面前一条蛇也看不见了，但空气中还遗留着蛇群特有的气味。在少年的帮助下，捕蛇人服下药，面色缓过来一些，开始从上往下捋发僵的右臂，在被咬处用力吮吸，吐出发黑的血水。如此反复，直至吐出的血水重新变得鲜红，捕蛇人才长出一口气。

刚才一幕实在过于凶险，捕蛇人也是大意了，粗看蛇球里面全是菜花蛇，偶有几条赤链蛇，便想要赤手空拳将蛇球一网打尽，没想到蛇球里面居然还藏有几条五步蛇，幸亏随身带有蛇药，不然小命就要送在这里了。

捕蛇人在岸上休息了好一会儿。终日捉蛇却遭蛇咬，虽然未必落下十年怕井绳的阴影，脸上难免无光，他拾起叉子，拎着蛇皮袋蹒跚离去。

少年为适才的怯懦表现而羞愧自责，怏怏而返。如果捕蛇人横死于眼面前，少年完全束手无策，不知道该如何处理死者与活蛇。也许唯一的办法是，把袋子里的蛇放出来，让蛇将尸体吞噬一空，连骨殖也全都吃掉。蛇就像一条条火焰，遍地蔓延，烧毁一切。可是蛇一旦挣脱束缚，必会四散逃窜，怎么可能乖乖听命行事！在少年其后的梦境里，捕蛇人总是孤零零地躺在那处河坎，其旁裸露的树根如蛇，其旁流淌的大河也如蛇。自此之后，少年每每在梦里要面对大蛇小蛇，虽然捕蛇人一直在旁，却长睡不醒。犹如当初捕蛇人向少年求助呼救，现在轮到少年向捕蛇人求助呼救，而捕蛇人只是不动不响。

六

进入六月，少年终于徒手捉到了第一条菜花蛇，鼓起勇气用老虎钳子将蛇牙夹断，克制住从心底泛起的厌恶，将蛇绕在手臂上，盘在脖子上，在无人可见的状态下想象一种痛苦、煎熬和濒死的感觉。晚上，少年将蛇关在铅笔盒的幽暗空间，宛如地下，在蛇蠕动的沙沙声中入睡。白天，则将蛇放进口袋里，时不时拿出来把玩一番。为了防止蛇逃逸，少年在蛇尾巴上系了一根秧线。如此一来，即使偶尔疏忽，让蛇掉到地上，也能在蛇游走之前拘回。

被拴上线的蛇，像少年的玩具，也像少年的宠物。提蛇在手，少年也像是一个放牧者了。蛇在水泥地上爬行，在石头上爬行，在桌子上爬行，在草垛上爬行，在树上爬行。缠绕在树枝上时，蛇昂起头，像在仔细辨别鸟鸣的具体位置。

蛇是全能选手，高处、地下、水中，无所不至，以鼠、鸟雀、青蛙、鱼等为食。少年捉不到活的老鼠和鸟雀，只能钓来青蛙，让蛇蛙同处一室，看着蛇将青蛙缠绕起来，直至青蛙气息微弱。蛇吞吃青蛙的场面太过残忍，少年将纸盒罩于其上，心内慢慢升起一股冲动，想对着盒子踩踏一番。或者淋上煤油，将纸盒连同盒内之物一把火点燃。

饱食后的蛇行动迟缓，身体摊开，其曲折里似乎总有蛙跳。从桌面掉落地上，啪嗒一声，也仿佛摔出了蛙鸣。少年再也不愿意喂蛇吃活物了。蛇如果饿了怎么办？只能自食其力。

少年将线加长，长达二十米左右。趁着码头上没有人，少年放出蛇，开始让蛇戏水，希望蛇能潜泳，像鸭子一样在水里觅食。然而蛇的头一直在水面上昂着。借助浮力，蛇可能忘记了尾巴拖曳着的长线，兴奋地不管不顾地向前游动。蛇划水的波纹被微风拂动的涟漪淹没，连蛇头也渐渐消融，不复可辨。这时，少年便将绳线往回拉，一直把蛇拉到脚下，然后再把绳线放长，看着蛇游远。每一次蛇都被愚弄，在以为能游出绳线控制范围的时候被毫不留情地拖回。虽然是在水面上，蛇腹已经划痕累累。蛇什么时候会泄气呢？

有人从岸上经过，看不见蛇，只看到少年手执长线，站在码头上，还以为少年在钓鳖或黑鱼。有妇人到码头洗衣服，发现少年在玩蛇，大吃一惊，狐疑不已。少年心内对牧蛇一事已然厌倦，懒得解释，连蛇带绳，一起放下。蛇得了自由，带着尾巴上的那段长线，奋力向对岸游去。少年离开码头，心里想的却是，这蛇即使得了自由，因为尾巴上带着一根长线，终不能活命太久。树根石缝草筋都会和线缠绕在一起，再也解不开。因为尾巴上的线，蛇要么被勒毙，要么被饿死，若是遇到天敌，估计也很难逃生。为何要对一条蛇如此残忍，少年已经不愿再想。唯一可能的解释是，少年属蛇。少年好像也是这样一条蛇，尾巴上系着一条线，虽挣得了自由，这自由依然是受限的可怜的一点点自由。就好像梦里能够周游世界，骑蛇归来却只能看风景这边。

七

母子俩去乡卫生医院看病时，遇到过另一位女医生。女医生的儿子是少年的同学，同级不同班。女医生以为陪少年来医院看病的是奶奶而非母亲，没有想到自己弄错了，很是尴尬。为了化解这尴尬，在少年吊盐水时，女医生没事就过来陪着母亲聊天。少年觉得不像是两个母亲聊着各自的孩子，而像是一个奶奶在聊孙子，一个母亲在聊儿子。这种感觉很糟糕。

即使是大晴天，冬天的阳光也很难让人暖和起来。门诊和注射室之间隔着一个小院子，里面栽着一些花草树木，美人蕉仍绿着，几棵树早就掉光了叶子。

吊盐水的过程无聊而漫长，有时少年睡着了，醒来后发现母亲坐在旁边打瞌睡，连着盐水瓶的那只手正被母亲的两只手包着。母亲的手很粗糙，紧紧攥着少年的手，像裸露在冷空气中的树根。母亲是左撇子，做什么都喜欢把左手用作正手，右手用作寄手。就像此刻，母亲的右手在下，左手在上，合在一处。但看上去，左手也像右手一样。曾几何时，母亲成了有两只右手的人？

少年一阵恍惚。母亲摔断左手，究竟发生在少年生病之前还是之后，时间上已经混淆不清。那个晚上，洗完澡之后，少年既忘了倒脚盆里的洗澡水，也忘了关一楼楼梯间的灯。母亲已经睡下，又起来，下楼去把亮着的灯关掉。母亲为了省电，并没有开楼梯口的灯，摸索着下楼，结果在转弯处一脚踏空，从楼梯上直接摔落下去。

母亲发生了什么？从一楼传来母亲的呻吟、哭泣和怨诉。少年用被子蒙住头，不想听这深夜里的痛哭，假装已经睡着，居然真的睡着了。

第二天一早，少年没有看到母亲。楼梯间的灯关了，脚盆里的脏水还在，浑浊的水底铺着一层泥垢。少年把脚盆的隔夜洗澡水倒掉，将脚盆冲洗干净，然后去学校。晚上回来，第一眼看到的居然是姨妈。

母亲住院，由姐姐陪着。姨妈去医院探视之后，特地过来照顾少年。

这个孩子，心怎么这么硬！也不知道下来看一看扶一扶，不是寒人心吗？姨妈数落着，转身叹气，眼泪扑簌簌落下。

那次摔倒，造成了母亲的左手骨折，在镇医院做了手术。手术并不成功，待到石膏拆除，才发现骨头断了的部位没有接正。但已没有余钱重新做手术，时间上也耽搁不起，母亲着急忙慌地办了出院手续。自此之后，母亲的左手便有些瘸，不再像以前那般得力，用得顺手。

这是少年埋藏在心底的另一重羞愧。母亲的这只左手，有生之年怕是再也难以复原，而这一切都是少年一手造成的，想想真是不可原谅。

少年用两只手把母亲的左手轻轻握住。在冷和暖、老与幼之间形成了一阵风。风乍起，似乎能把生活中一些不好的意外慢慢吹拂开。成长终究不会偏离轨道太远，生活还会照旧。母亲坐在那里睡着了，此时依然没有醒来。

夏 日

春天，长林闯下一桩祸事，为此躲到外面避了一阵风头，等事情解决才回来。

小峰听到消息，特地过来找小春，时间已经过去三天。小春是长林堂弟，小峰是小春同学，两个人是同村人，平时形影不离，好到穿一条裤子。已经发育的小峰，走路昂着脖子，如同一只小雄鸡，上唇冒出一层小胡子，因为面色黑，胡子显淡，像汗毛重了点，身上肤色也偏暗，在同龄人中个头明显蹿出去，同学送外号"非洲大山"。长林混社会混出很大的名声，要面子有面子，要夹里有夹里，撑得住，吃得开，在城里都排得上号，向来是小峰的心头偶像。平时在镇上看录像，香港武侠片，片中的黄日华讲"在下萧峰"，小峰就学会了腔调，逢到陌生人也那样叉手打招呼："在下小峰。"其实心里头，小峰想讲的是，"在下长林。"那段时间，古惑仔在青少年中盛行，吴语中称之为细流氓、小阿飞，本地方言因为混杂了江北话，也叫砂子、皮五辣子，显得老气横秋，不够时尚。

一只脚才跨进门槛，小峰张口就问："长林前一段时间，躲到哪里去了？"小春反驳得也快，"躲什么躲，他是在上海舅舅家做亲眷，好吧。上海舅舅在远洋大军舰上当军官，曾经劝他外甥长大做海军，一人参军，全家光荣。小辰光，还记得吧？长林去走亲眷，上海舅舅送给他一件海魂衫，长林穿着在军舰船舷上拍照片，背景是海豚海鸥，多神气。要是长林参加海军，就能背冲锋枪，遨游四海，保卫南沙群岛。"小峰讲："长林年纪过了，已经当不了海军，最多做水手。大力水手，郑智化的水手，苦涩的沙吹痛脸庞的感觉。"小春听了一呆，不吱声。小峰又问："听说年初城北两派人马火并，长林失手打死人，有这回事体？"小春一口否定，"打死人还得了，长林早就被枪毙了。"小峰不同意，笃定接住话，"倒不是。《红楼梦》里讲，呆头霸王薛蟠子，和一个书生争老婆，打死人就没事，大摇大摆去投奔舅舅姨娘。长林同别人争风吃醋，也打死人，到上海游玩一趟回来，同样没事。天大事，自有你家阿伯出面摆平。阿伯是公安局副局长吧，听讲马上要调到省里，甚至到北京做大官，怕什么。"小春急辩，"瞎讲八道，全部是天上话，鲜的。见风就是雨，有可能吧！长林闯的只是小纰漏，家里赔了点钱，也就过去了。跟大伯伯有什么线头穿起来。不要看长林平时打扮得像小开，骗骗小姑娘吓吓人可以，杀人放火这种事借他两个胆也不敢做。就讲家里几个人，我奶奶，我婶婶，还有城里大伯伯，上海舅舅，骂也会把他骂死。"

中午时，小春到婶婶家。婶婶一大早去了卫生院上班，大门虚掩，听到里面电风扇叶子呼呼响，开大挡的声音。小春推门进去，门嘎吱响一记，像画了半个圆圈。房间里，长林四仰朝天，躺在凉席上睡觉。赤着膊，穿一条花短裤，肤色雪白，两腿细细的，腿毛倒是旺，又黑又长。长林不望小春，短促哼一声，"小赤佬，来做什么，影响我睡觉。"小春半步半步挨到床边沿，站定了，才低声讲："小阿哥，奶奶喊你过去吃点心。就是睡午觉，也要肚里填点东西进去，不然饿得慌。"长林问："吃什么？有什么好吃的！"小春扳着手指头数，"焙米茶，喝两碗，消暑，降火气。"长林讲："不想吃。粥不像粥，炒米不像炒米，泡饭不像泡饭。还有什么吃？"小春一口气念下去，"棒冰，金坛大雪糕，冰砖，算冷饮，但不抵饿。"长林又问："还有呢？"小春又讲："还有就是瓜。西瓜，水瓜，梨瓜，老鼠瓜。"长林咽口馋唾，吩咐："小赤佬，去弄只老鼠瓜来尝尝。"过一歇，兄弟两个，一人捧半只老鼠瓜啃。长林问："天气怎么会这么热？狗都摊不动舌头了。"小春心想，狗确实是靠伸吐舌头散热，趴在阴凉里，不叫，也不动。长林又叫苦，"这么热的天，叫人怎么睡得着，一躺下来身体下面就是一摊水，翻个身，换一面，又是一摊水。风扇开到最大挡，对好了吹，都是热风，吹出来的汗也都是热汗。这么热的天能做什么，什么都不做都出汗，躺着出汗更多。"小春献主意，"要睡觉，只有一个办法。提桶井水浇堂屋心地面，浇透了，再铺张凉席，用毛巾沾井水揩凉席面，揩几遍，凉席也凉透，人躺上去，开了吊扇吹，风从天花板往下吹，往四面涌，撞到墙上再回卷，只有这种风不是热风。"长林忍不住赞一句，"小赤佬，看不出来蛮讲究。上海人住空调房，才算舒服，就好像住在井里边，冷气足，冻人，随便做什么事都不碍紧。"小春讲："空调房，听别人讲像太平间，冻手筋脚筋，时间长了，会得关节炎。"长林笑出来，"还关节炎呢？你爸爸，讲起来才好笑，关节炎说成机关炎，怎么不说机关枪呢。"两人都笑。长林让出小半张床，叫小春坐下讲话。长林问："放了暑假，你一般做什么？"小春认真想了想，却瞥见床头柜上，一包香烟，一个钢板打火机，一颗金戒指，黄灿灿的，同女人缝衣服戴在手指上的针箍一般阔。又像背书一样讲起来，"上午睡懒觉，吃过中饭睡午觉，起来后去河里游泳，吃晚饭，看电视，再睡一夜长觉。"长林轻轻踢一脚，骂一句没出息，又问："还有呢？一天到夜除了睡觉，就没有其他活动吗？"小春再使劲想，边想边讲："游泳时带只脚盆，摸蛳螺河蚌，一个下午能摸一脚盆，剖开来给鸭吃。还有，码头上药虾子，稻田沟里捉鱼，街上租书铺里租书，录像馆里看录像，打台球，夜里射着电筒捉青蛙打鸟。别的，就真的没有了。"长林讲："过两天我有朋友来，帮我想想，有什么好招待。"小春低头盯住自己膝盖，小阿哥外面的朋友，不晓得是什么人，他完全没主意，瞎想八想，低声嘟囔，"要是小伙子，就吃点啤酒，要是小姑娘，就吃点冷饮。"长林吓一声，讲："你去照应奶奶一句，过几天我有朋友来玩，让她准备一盆焙米茶，放冷在那里，再掐把山薯藤，炒了吃。可以吧。"小春自告奋勇，他可以趁夜里去自留地上别人家菜园里种的瓜，见样偷一点。长林骂一声，"不要讲是我教你偷的，不然偷瓜的人是你，受过的人倒是我。还有，下午河里游泳的人多吧，是不是只有一帮小孩？"小春肯定地说："也有大人。匍匐在河里摸河蚌蛳螺的，都是大人。小孩在码头边上玩水，有的大人不放心，也会全程陪同照看。"

码头上，戏水的小孩分成三堆。大一点的，像小峰小春这样的初中生，往往喜欢在河中间冒出几颗头颅，个子高点的露出颈肩，像鸡米头的果蓬。河中间是一道狭长滩皮，淤泥少，最深处也没不过鼻孔，或站或走，搅不出浑浆水，干净清澈，是小春他们的水上乐园。滩皮两边才是行船的航道，有两三米深，有好几十米阔，水性好的人才敢来回泅渡。深水区冰凉彻骨，激人，脚容易抽筋，很是危险。刚刚学会狗刨式的孩子，小心翼翼地以码头为圆心，往河中间游个两三米长的半径就赶紧返回，力气歇足，再游一个来回，乐此不疲。更小的孩子，便只能趴在码头台阶上，用两只脚拼命打水，两根小短腿，弹得跟风车一样，虽不免咽一两口浑水，也是不亦乐乎。有时，他们也借助游泳圈，被会游泳的阿哥阿叔们推到滩皮上。但是游泳圈并不保险牢靠，经常发生意外，套着泳圈的人因为疏忽或者打盹，竟然滑出游泳圈，整个身子像鱼一样蹿入深水，若不能及时发现救助，也会酿成悲剧。两边航道，不时有机帆船来往，掀起较大的浪头，便引来一阵期待。扎堆在码头上的孩子，急忙急促爬上台阶，等着浪头一阵一阵冲到台阶上，有时拖鞋、毛巾、肥皂，都会被浪头打到石头缝里，或者卷下水，一漾一漾地漂远下沉。

小峰站在滩皮上，整个颈梗都露出水面，像一只灰鹅，远远望见一个人拖着鞋皮，戴着墨镜，穿着沙滩裤、黑背心，脖子上挂着白项链，手指头上套着黄戒指，闪耀着光芒，一摇三晃地走到码头上。他便喊小春，"你家小阿哥长林，也来游泳了。"小春正在仰泳，面孔对着天，手脚一番协调，转过身体，看过去果然是长林。长林在码头上一站，那些小孩子马上让出空间，不顾头发上面孔上淌着水，拿眼睛偷偷打量长林。他们不敢再用脚胡乱打水，乖乖坐在台阶上，将半个身体安静地沉没在水里。由于在河里浸泡时间长，身上的皮肤显得发白，汗毛上还挂着泥水。长林不急不忙，先做一套拉伸热身动作。等到码头水面渐渐澄净变清，便脱下花裤衩黑背心，原来里面预先穿了一条泳裤。衣裳拖鞋墨镜放高处台阶上，以免打湿，等大半段身子都入水时，才想起项链和戒指，急忙解下来就近放在将将露出水面的台阶上。项链盘成一条蛇样，金戒指就驮在正中间，黄灿灿的分外耀眼。长林是游泳好手，狗刨式已经被摒弃，变着花样展示蝶泳蛙泳自由泳。他很快游到滩皮上，招呼小峰小春过来，让他们游给他看。小峰擅长闷头游，手脚一阵乱打水，隔几十秒抬起下巴换气。有点像自由泳。长林点拨一二，小峰便开始练习，先抬左边脸，再抬右边脸，两个鼻孔果然能自由呼吸。长林带着小春往河对面游。那里没有码头，岸后也没有人家，比较荒芜，近岸都是水花生，一蓬一蓬的，底下水色发暗，疑似蛇虫的窝窠。两个人没靠近，又往回游。游到滩皮上，小春感到力乏，不想再游了。长林讲："上海学生在游泳池深水区，通常自我规定游多少来回，也就是游多少米，再累再乏都要坚持下来。"小春讲："游泳池里有救生员，手里拿着望远镜，看到有陌生情况就一个猛子扎下去救人。这些救生员都是专业游泳运动员退下来的，百米速度在六十秒之内，眼睛一眨就游到身边，比跑还快。大河里游深段，没力气，脚抽筋，就是有大人看到，游过来要花十分钟不止，人都不知道沉到哪里去了。"长林讲："救生员拿望远镜，不为看有人溺水，而是看女孩，胸部、肚皮、屁股、大腿，都是白花花的肉。上海小姑娘，身材不走样，都穿三点式泳衣，随便旁人看，无所谓。"小春不讲话。他穿着裤衩，有点显大，被水鼓漾着撑开来。长林的泳裤，就特别贴身。小春面孔有点发红。长林讲："这么大的小伙子了，要好点不行吗？跟没长毛的一样，穿着短裤下河洗澡，不知道多难看。"小春不讲话。下午的太阳毒，上层河水升温很快，已经和热洗澡水一样。只有将身体都浸泡在水里面，才能感觉到清凉。长林开始往码头游，两只手拍水，两条脚往后弹，姿势优雅，像一只白皮青蛙，浮在水面上，前肢后腿都没见什么大的动静，就快速向码头移过去。

小峰练习了一会儿自由泳，自觉热情开始递减。小春蹲在滩皮上，只留两个鼻孔在水面上出气进气。小峰故意使坏，用双手在水底下做推搡大动作，带出一股无声的浪头，朝着鼻孔快速漫过去。小春呛到一口水，猛地从水底下蹿上来，还以为是旁边有机帆船经过。这时他们才发觉码头上情况不对。那些小孩竟然没有匍匐在水里，而是齐飒飒站到了台阶上，好几颗高高矮矮的头颅，被明晃晃的烈日烤着，像向日葵盘一样蔫头耷脑。长林已经穿好衣裳，戴着墨镜，坐在岸上树荫下的青石板上。他们不知道发生了什么事，急手急脚游过去问，原来长林放在码头上的金戒指竟然不翼而飞。长林断定是码头上有人动了手脚，偷偷塞在哪里，囤起来，过后等没人时再回头取走。但没有一个人开口承认，都说是长林冤枉他们。他们惧怕长林，央求小春去跟长林解释清楚。几根脚棍，竖七竖八，几块脚底板，烤焦似的。小浪头涌过来，溅到台阶上的水渍马上就干透，像热锅上一抹水痕。码头台阶上像着了火，来回换脚都受不了，这样暴晒十分钟，身上估计就会脱皮。小峰和小春走到长林旁边，一时不知道怎么开口。长林发火，"晦气，晦气，才家来，就失财。不是讲戒指值多少钱，当我面做贼，从小就不学好，偷菜偷瓜偷鱼就算了，竟然偷钱偷戒指，非要教训教训，让他们长长记性。"讲到偷瓜，小春面孔一红。小春不相信是其中一个小佬偷偷藏起了戒指，就算有贼心，怕也没有贼胆。长林是什么人，他在镇上咳一声嗽，整条街上没人敢讲话，他在城里跺一记脚，北城至少要抖三抖。小春小心提出自己的揣测，"会不会是浪头将戒指打下去了？"长林说："不可能，项链在，独不见戒指。要是浪头，会特别绕过项链吗？"长林有句话没讲明，其实项链是白金做的，比戒指要贵十来倍。小峰在一旁帮腔，"先寻寻看，要是能找出来呢。"

几个小孩，无精打采，又惊又怕，像是要中暑，又像是要睏着一般，身体摇摇晃晃，肩膀、背脊骨、颈梗处，已经脱过一层皮，估计还要脱层皮。一个暑假里，不知要脱几层皮。小峰往他们站的台阶上泼水，往他们身上浇水。小春在勘探现场，按照实际情况，就算有浪头跨上台阶，金戒指重甸甸的，不可能被浪头卷带下去，只会往前推，掉到台阶之间的缝里，这种可能性更大。小春指挥那几个小孩，都不用再罚站，拿手伸到台阶缝里去掏。实在不行，小春回家寻两根杠子，或者能吃力的铁棍子，将整块台阶抬高撬起来，不信找不到戒指。七八只手，伸到缝里去掏，掏到什么都拿出来。零零碎碎，洋洋大观。抹布、洋袜、香烟壳、铁皮盒子、锅铲头、调羹、坏鞋皮、清洁球、河蚌壳、没有腐烂透的鱼肚肠，臭烘烘的烂泥也被抠出来。大家嫌弃，将将要放弃时，戒指终于被摸出来，果然是被水冲到石头缝里。

被这事一闹，没人再有心思下水游泳了。太阳西斜，天光还大亮，暑气依然蒸腾，不觉已到烧晚饭时间。有妇人来码头淘米洗菜。通常这个时候，还在码头上贪玩水的孩子都会被呵斥，因为水被蹚浑，需要等很长时间，才能恢复澄清，像是有谁撒了一把明矾在水里。浑水是不能淘米，也不能洗菜的。孩子们恋恋不舍地从水里钻出来，短裤贴在大腿上，湿哒哒的，往往还没有走到家，就已经干透。又隔两天，长林不知道从哪里变出一把游泳裤，有大小两个尺寸，交给小春，村里大小孩子见人头一条。摸到戒指的叫毛头，额外奖励一副泳镜和一只简易塑料呼吸器。

长林的朋友分两拨来。前一趟，三个小伙子坐两辆摩托车，直接开到大门口，待了不到两个小时，吃了几片井水镇过的西瓜，抽了几根烟，就打道回府。后一趟，只有一个姑娘过来，搭城乡中巴车到村口，由长林踱过去接到家。奶奶怕不三不四的人上门，引来闲言闲语，命小春全程伴同，实则是监视。小春自觉理亏，怕被长林骂，出工不出力，两个耳朵纯当摆设，不知去了哪里挑粪。

其中一个小伙子，圆头圆面，体格健壮，叫建国，是镇上人，长林的高中同学，好朋友。建国高中毕业后，和他老子做伴，开大船，做运输，专门跑上海无锡这条线。有次途中停靠在常熟一个镇边上，夜来没事，建国摸到镇上，果然有个小舞厅。在舞厅里建国认识了一个姑娘，还在念高三，迷建国迷到不行，横竖要跟他私奔。建国自嘲，开船这种生活，白天没卵事，晚上卵没事。父子两人，等船停歇下来就无精打采，只能

42

窝在床上看书。船舱里堆满了书，武侠，言情，温瑞安，岑凯伦，颠来倒去看。大家笑，长林讲："建国从小被人喊屄头子，遇到对劲的小姑娘，不会自己又认屄吧。"建国拍胸部，"这次不会了。我告诉她家里地址，本以为她只是随口讲讲，哄我开心，没想到真瞒了家里人，逃出来寻我。就是上个礼拜的事。被我娘老子训了一顿，逼着我将人送回去。"长林问："是将人肚皮盘大了吧。烫手山芋甩不掉了吧。既然如此，建国要认。"建国叫苦，"我是要认，认罚也好，认屄也好，认打认骂，我都眼睛一闭。问他是做狗熊做英雄，总不能躲起来吧。"长林讲："我有个朋友，做人最豪爽，也是在舞厅里认识一位小姑娘，缠他缠到不行，直接住到他家里，不肯走。他二话不说，抱床被单，夹条枕头，一个人住到桥洞里。小姑娘不离开，他不归家。最后，小姑娘哭哭啼啼离开。建国做不到这点，就要认。"建国讲："再过半年，她就满十八周岁，好结婚了吧。"大家笑，起哄，"建国开过年来升级做爸爸，快速，神速。"长林讲："就怕剃头挑子一头热。建国这边，自家娘老子好讲话，等于白捡了一个儿媳妇。小对象那边，未来的丈人丈母，大舅子小舅子，不好摆平吧。"建国头上冒出一层汗，"我来寻长林，就为这事。昨天接到她阿哥的信。阿哥也是当地小开，扬言要带人过来，摆案子谈判，不仅要拿人捉回去，还要我认错，赔礼赔钱。"长林讲："这就过分了。强龙不压地头蛇。要是这样，眼睁睁看着建国的小对象被她家里人带走，讲起来镇上城里这帮人都没面子。"建国高兴起来，"长林这样讲，我就心里有数，知道要怎么做。"长林讲："不问那边过来多少人，不要在家里谈，也不要在镇上谈，就安排在大船上谈。船上坐两家人，两边带来的人全部只能站大埂站码头。这个场面，我负责撑起来。"建国感谢不已，讲："我全部听长林的。"长林又提醒建国，"有一点，远来的都是客，不好随便伤和气。再讲，要是以后真做了亲眷，也要见面的吧，嫡亲兄妹，不能不来往吧。"建国点头。长林讲："要文斗，不要武斗。只要小对象心在建国身上，就稳操胜券。"建国从进屋初，心事重重，眉头紧锁，面孔上始终有一片黑云，现在一扫而光，明亮起来。小春心想，建国比长林要帅气点，但长林遇事有分寸，分析安排起来头头是道。不知什么原因，之前竟会将人砍伤，确实不像是他做的。长林继续讲："需要的人手，我来安排。事体解决得好，建国要请多少人吃饭，能安排开吧。"建国擦把汗，"吃饭的事，我来安排，就当是提前结婚，摆酒请弟兄。"摩托车声音远走后，小春问长林："对方会来多少人？小阿哥又要准备多少人呢？"长林讲："对方真要带人过来，两卡车不会少吧。要压住对方不动粗乱来，人数只能多，不能少。"小春想了想。大船上两家人谈判，一个大肚婆娘，岸上站满古惑仔，西装革履，大背头，至少抹着三两发油，每个人的手都探入怀里，握着的不是枪，就是刀。大船停在运河里，水浪轻摇船身，两朵乌云，在天空转来转去，好像两只人的眼珠，在看

44

一出好戏，一场大片。后来同小峰讲，小峰也一脸神往。运河上就要发生这么一件大事，却没几人知道，小峰觉得可惜。这事自然不能对其他同学讲，万一两方人马真的发生火拼，牵扯太多，责任太大。小春决定，要赶紧去城里大伯伯家一趟，借用大堂姐的相机，填进胶卷，好好拍点照片。小春的手已经发痒。

城里小姑娘来的前几天，长林突然分配任务，除了寻瓜摘果，另外交代小春做一件事，准备两只泥知了，两只青知了，两只黑知了。城里人不比乡下人，对此一直好奇。在泥洞里的幼虫，叫泥知了，又叫知了猴，似乎一直在睡觉，夏天一场大雨，终于将它惊醒，于是开始钻出地面，找到一棵树，便往上爬，爬到足够高，觉得安全了，才安心脱壳。壳牢牢钉在树皮上。刚出壳的就叫青知了，青知了继续往树冠爬，吃露水，翅羽慢慢变黑，成为黑知了。黑知了就是性成熟的知了，整天没歇时地唱歌。唱什么呢？小姊妹，快点来，来了谈恋爱。我唱歌，侬跳舞，时光不耽误。天为帐，树做床，好风来乘凉。讲到知了，小春熟悉到跟狗一样。姻姻在城里有个中医朋友，曾让姻姻帮忙收购知了壳，说是一味中药。那一年夏天，小春小峰，还有一帮孩子，靠着摘知了壳，着实发了一笔小财，天天吃棒冰雪糕，吃到牙齿痛。树干上的知了壳越来越稀少，小春和小峰还想到一个好主意，白天阵雨过后，两个人就满村场院里树底下寻洞眼，发现地面一个小洞，拿小树枝慢慢捅开，手指头伸进去，笃定掏出一只泥知了，挂在蚊帐上，一夜过来，真有脱壳出来的。为此他们还诓骗家人，声称在《十万个为什么》这本书里，看到过知了会吃蚊子。相比较笨笨的泥知了、青知了难得碰到，黑知了难捉。《侠女十三妹》中，大内血滴子，也叫粘杆处，据说粘杆处的由来，就是太监用竹竿捉黑知了。小春费了点辰光，总算圆满完成任务，用纱布缝成三个袋，每袋装两只，袋口用绳子扎起来。

那一天，长林将小春拉到小姑娘面前，介绍说："这是我堂弟小春，因为在春天里出生，就叫小春。"小姑娘抿着嘴笑，"要是在夏天里出生，就叫小夏了吧。"小夏，笑话，当地话发音非常接近，确实好笑。小春心想，幸亏自己没叫小夏，不然肯定会成为同学口中的笑话。小姑娘长得很漂亮，小春无端面孔变红，特别担心长林点破自己是奸细暗探的身份。在家里，奶奶是人见人怕的，下来是大伯伯，再下来是长林。长林在家里大人面前表现得像面团，随便长辈揉捏，只是伪装得好，换个环境他跟奶奶和大伯伯一样，不发火让人心里打鼓，脚气上来让人喘不过气。再讲小姑娘，笑得花枝乱颤，小春不敢多看，用眼光来回扫地，却看到两只脚，脚趾头上几处青色蔻丹，涂得十分好处，一时移不开眼珠。好不容易到吃点心辰光，小春到奶奶家，搬来一面盆焙米茶，还有现炒的两个青头小菜，掐山薯藤，腌西瓜皮，菜里放两颗尖辣椒，清脆爽口，有咸有辣，正好过焙米茶。饭后吃瓜果，吃一样，长林都会特地介绍，"这是小春偷来的，好吃吧。"听起来像表功，实际上是挤兑。小春头都抬不起来，恨不能地面有个地洞好钻进去。即使有地洞，他也不能钻，他还要完成奶奶的任务，须臾不离地陪着他们。小姑娘打哈欠，长林开始撵他走，"小春，我们要睡午觉了，你要不要留下来，三个人盖一床被单。"小姑娘轻捶长林一拳，骂句神经，面孔竟然红了大半。

小春浑身轻松地出来，带上大门。门嘎吱响一记，像嵌有硬物的粉笔，强行在黑板上画了半个圆圈，发出的那种声音。小春抬起头，天空霎然暗了一下。小春不好意思继续留在这里，既然擅离岗位，更不敢被奶奶看到，思来想去，只有去河里游泳。已经有人下了河，穿着长林送的泳裤，河面顿时有了点游泳池的感觉。小春没准备，只能还是穿短裤下水，再一次感到难为情。小春觉得奇怪，只是多了几条游泳裤，整条河都显得不一样。毛头有了泳镜，胆子也大起来，此前只敢在码头上沉入水中闭气，现在敢沿着河边闷头游。小春看了一会儿，他觉得自己像游泳池里的救生员，眼睛里看到的是毛头等一帮小孩在码头上翻跟头竖蜻蜓，脑筋里想的却是长林和那个小姑娘。小姑娘骂长林神经，就好像抬起涂青色蔻丹的脚，轻轻抵在小春的腰眼上。小春记起小时候，几个小堂姐养了凤仙花，也是夏天暑假里，凤仙花开，好几种颜色，采了花瓣捣碎，仔细涂在手指甲上，用叶子包住，用线缠紧，半个钟头就能上色。这也是蔻丹。吃晚饭时，几个小堂姐手指甲上五彩纷呈，像蝴蝶飞到了饭桌上。奶奶晚饭都要喝两杯白酒，气得酒盅往桌上重重一掼，吓得几个堂姐气都不敢出，灰溜溜出去，用洋碱洗手指甲，手指甲都快要搓脱。

不一会儿小峰也来到码头上。上半天城里小姑娘来，在村里是大新闻。传言长林就是为她打架伤人，差点要吃官司坐牢。小峰讲："女人是祸水，越漂亮，越滔天。长林，可惜了。"小姑娘进村，多双眼睛看见，但近距离有接触的，只有小春。小春不愿意多讲，小峰问来问去，他只字不提。小峰讲："如果长林跟城里小姑娘结婚，就是小春的小阿嫂了，要喊小阿嫂的，对吧。小春走在迎亲队伍里，要提红马桶，马桶里有红鸡蛋，对吧。小春对此有想法，对吧。"小春不吱声，扎个猛子，憋长气，老远才冒出头，甩甩头发，抹一把脸。却听到一连串叫救命声，原来毛头闷头瞎游，竟然偏离轨道，游到河中间。毛头本不怎么会游水，也不会换气，一看离码头远了，又慌又怕，手忙脚乱，就忘了划水，眼看着身体浮浮沉沉，露出水面的就只剩一绺头发了。码头上的孩子一起喊救命。还好小春小峰在滩皮上，靠得近，急忙游过去，一把揪住头发不放，拖到码头上，脸孔煞白，眼睛翻上去，一条命只剩小半条，陷入半昏迷状态。放在台阶上躺着，从嘴角流出一线水，绵延不绝，肚皮慢慢瘪下去，毛头这才活过来。要是小峰小春不在，估计毛头小命就要交代给大河了。另有讲法，这是淹死鬼寻替身，被挑中的人九死一生。如果人是站在大埝上看到这种情况，来不及下河，只有一个方法，抱一块大石头，用力扔到河里，扑通一声，会惊跑淹死鬼，这时候再赶紧下水救人，时间宽裕的话，兴许来得及。小峰讲得瘆人，大家再望向河里，虽然河水清澈，但似乎多了一道奇怪的影子，来回穿梭巡游，比黑鱼还要游得快。大家的汗毛孔都竖起来，作鸟兽散，码头上顿时清净，霁日清风，水波粼粼。碰到这样的事，不要说小峰小春，就是成人壮汉，心里也会忐忑不安，打鼓声不绝。

随后两天，码头消停。毛头差点淹死的讯息，也慢慢传出去。孩子们都被父母禁足，不准下河；像小春小峰这般大，也不去河里游泳了，实在热得不行，到井边提了井水浇。依然穿泳裤。井水比河水冷，兜头一桶浇下去，鸡皮疙瘩都冒起来。

大伯伯有事到镇上开会，下半天开完会，顺便归家，看奶奶。一家人一堆吃饭，上座头是奶奶，其他人分开来坐，轮不到上桌的坐旁边，捧着饭碗吃。奶奶晚饭必喝两盅白酒，百病不生。吃饭时不准讲话，粘有饭米粒的筷子头不准伸到菜碗里夹菜，不准剩饭碗，吃完要对长辈讲一句"慢慢吃"。这是规矩，奶奶负责监督。城里大伯伯，在奶奶面前，也像孩子，不敢回嘴，不敢顶嘴，奶奶讲什么，都认真听，记在心里。奶奶酒后才吃饭，喝酒时讲话，不算破坏规矩。奶奶喝一口酒，先从大伯伯讲起。"麻布袋草布袋，一袋管一袋。小春还小，先讲长林，你做大伯伯的，要帮要管，帮好，管坏，不能让孩子走邪路，扶他们上正道，管比帮重要。"大伯伯点头。又讲婶婶，"长林不让人省心，我晓得，你这个做娘的不好当。长林的老子过辈早，没老子的孩子，更要借助娘的威风。上海舅舅，对外甥算贴心照顾。儿子结婚前靠娘老子，结婚后靠老婆。我是你阿婆，你是我儿媳，马上你也要做阿婆，也会有人做你儿媳。自己的儿子，长大成人能由着他，寻人结婚一定要严格，好看不能当饭吃，麻烦进门照样是麻烦。我的意思，你懂的吧。"婶婶点头，眼泪在眼窝里旋。奶奶最后点长林的名。"小长林，还是不懂头脑。镇上朋友来，为的是什么事，不要让大伯伯帮你揩屁眼才是。城里小丫头来，又有什么名堂经，为她你已经断人一条胳膊，亏着医学发达，帮人接回去，你是想自己为她掉根手臂还是断条腿。"长林不吱声，头低垂，像是伏法认罪。奶奶继续讲："戴项链戒指到码头洗冷浴，真有这必要？你娘替人打一针，挣一块钱，挂一瓶盐水，挣五块钱，你以为家里是沈万三。大热天，你倒可以躺在电风扇下睡觉，你娘伤心的，起早摸夜，时常加班，她就不怕热？她就活该做死？送泳裤，送眼镜，都是小事体。我就问一句，要是小毛头，穿着你送的泳裤，戴着你送的眼镜，一不小心淹死了，怎么办？我告诉你，寻替身的不是什么淹死鬼，这个账迟早算到你头上。'不是长林，我家毛头就不会淹死。'小毛头的娘老子，就会这样四处讲。你脑筋里想想，是不是这样，会不会这样？小长林，奶奶帮你拿主意，小丫头不是省油户头，早点断掉好。答应朋友的事，也要量力而行。一时一事记你的好容易，但人要活一辈子，经历千万事，做好不容易，各人的鞋系带都要扣扣紧。"奶奶喝一口酒，发出感慨，"孙子又是一代人马，在面前我看着开心，不在面前我又忍不住担心。孙子们呀，你们倒是要有好人学好样才是，千万不要捞偏门，走邪路，害得我一大把年纪，在众人面前抬不起头。"

入夜，送大伯伯来的同一辆警车又悄悄开进村，接走了大伯伯。大伯伯家在城里，除非逢年过节，他从不在村里过夜。

一场家庭会议，就此悄悄结束。大伯伯那边着手安排，长林看起来注定只能接受。但是长林另有打算。大伯伯托人安排的工作，就算不是十分吃香，也不会差劲到哪里去。

长林和小春两个人，并排躺在堂屋心水泥地上的两床凉席上，果然十分凉爽舒服。吊扇在头顶呼呼吹。长林讲："不要看大伯伯现在威风八面，这是在副局长官位上，所有人都买他面子，一旦退休，还不是瘪卵一只。"小春一呆，没想到长林会将这种骂人话用在大伯伯身上。长林又讲："时代变了，我去上海一趟，感觉深刻。以前到饭店吃饭，都是别人请上海舅舅，现在是上海舅舅请别人。大表哥海军复员，本来能妥妥安排到政府单位工作，大表哥横竖不愿意，坚持要开公司，自主创业。舅舅舅母发火骂，落眼泪求，都无法阻止。我从大表哥身上看到，一种新的风气挡不住，马上要从上海，从广州，刮到全国各地，长江南北，大河上下，都要受影响。那就是要过好日子，要有钱，要消费，要投资。一个人要是没钱就是瘪卵一条。身上有钱，能让人挣到钱，就是现官，就是朋友，就是天皇老子，就是菩萨，就得笑面相待，就烧三炷高香。"

没想到啊没想到，长林这一次去上海，原来是为了避祸，没想到成了进修学习。小春也好像看到，这股台风，这股龙卷风，这股妖风，这股黑天黑地风，盘旋到了头顶上，长林脚踏这股狂风，要开公司，要挣大钱。

可是怎么开公司？如何挣大钱？小春心头充满疑问。长林讲："这还要说到年初那件纰漏上。前阵子来的小姑娘，叫方琴。琴伢的老子是煤矿上一个小领导，在一场矿难中丧生，那时琴伢才上五年级。初中毕业后她就开始混社会，随着奶奶守一个水果摊，人称苹果西施、梨子西施，吸引来一大群苍蝇蜜蜂，不为买水果，只顾看面孔。"小春心里默念一遍，琴伢。长林叹一口气，"英国人狄更生说过，美貌在底层女子身上是灾难，我看琴伢就是这样。追她的人能从大埂这边排到大埂那边，都是想揩油想占便宜的，真心对她的少之又少。这中间有一个小太岁，叫常军，老子是水泥厂老板。我和常军，也常见面。前两年水泥厂效益不好，上面的主管单位决定改制，常军老子私人承包吃下来，结果碰到全国搞基础建设，水泥从滞销变脱销，供不应求，行情上涨，一年效益轻轻松松破亿。常军摇身变成最富公子哥，整天游手好闲，常年不务正业，寻花问柳，惹是生非，天不怕地不怕，薛蟠一样的人物。常军看上琴伢，没事就去撩拨。腊月里，常军串通琴伢的一个闺蜜，三人一堆吃夜宵，蹦迪，住宾馆。讲好开两个房间，结果常军借口身上钱不够，只开了一个房间。"小春忍不住插话，"这个常军明显没安好心，琴伢被做局了。"长林讲："琴伢这个痴丫头，一点没看出来，还以为有闺蜜护法，常军不敢太过分。进入标间，并排并两张床，中间隔着半米阔的小走道。琴伢和闺蜜挤一床，常军一人一张床。常军许诺各种好处给闺蜜，让闺蜜一人睡一张床，换他和琴伢挤一张床，准备霸王硬上弓。意思再明显不过。"小春问："什么叫霸王硬上弓？"长林讲："好学精神值得表扬，但这句话的意思，你去问书本，去查字典，自然会明白。"又回到故事上，长林继续讲下去，"琴伢不肯，闺蜜也只有不肯。常军邪火上身，许诺更多好处给闺蜜，转而要求闺蜜陪他睡觉，两个人就在另外一张床上做好事。闺蜜故意大呼小叫，琴伢用被蒙面，不想听。过了一厢，旁边好不容易消停下来，一只毛手又伸进琴伢被子里面，一通乱摸。琴伢气极，又恨又怕，还委屈，一脚尖踢出去，正中常军鼻头，结果就是鼻梁骨断掉。"小春听到这里，吸一口冷气，觉得自己肚旁骨隐隐作痛。长林一口气不断，继续讲下去，"常军鼻血长流，大声号叫，状若发疯。闺蜜也怕起来，打电话到宾馆前台，又惊动了联防队。还好带队的小队长是常军认识的人，一通安慰，才没将事体闹大，没捅到公安局。常军偷米不着，面子上挂不住，事后一直寻琴伢麻烦，要么睡觉，要么赔偿，二选一。等我晓得这事，已经是正月里，就约了常军。常军是银样镴枪头，花架子，装腔作势，不经打。我本来只想让他尝点皮肉苦头，长长记性，没想到一拳头上去，他伸出胳膊挡，小手臂的骨头就断掉了。常军更加咽不下这口气，整天怀里揣把仿真手枪，带了几个亡命徒，一心要寻我麻烦，扳回面子。我就避到上海。我不是怕常军，也不怕坐牢，只是不想大伯伯难做，讲出去总归不好听。公安局副局长的侄子，杀了人，或者被杀，都会让大伯伯蒙羞。常军的老子不愧是成功企业家，晓得问题主要出在自己不成器的儿子身上。他肯定问过联防队，也到宾馆做过调查，常军做的事体，本身就不光彩，上不得台面。常军的老子就传话给大伯伯，意思是这件事就此揭过，互相不再追究。常军的手臂，打了三个月石膏，也就恢复，虽然其间人是吃了点苦头，倒是有好处。"小春问："这么讲来，小阿哥同常军和好了？"长林讲："本来我们两人之间就没什么深仇大恨，这叫不打不相识。常军被我打过一次，倒像是打服了。常军的老子也希望我带带常军，两个人一起做点正经事体。跟大伯伯那边已经讲好，我先到银行工作一段时间，混个人头熟。等到明年，公司注册下来，一切准备就绪，我和常军，就合伙做汽车租赁和销售，再做房地产，再做饭店，再做酒店。"小春吐舌头，"要真是这样，小阿哥你就是大老板，公司要做成集团，要在香港上市了。"长林讲："想是这样想，但路还远，好比唐僧取经，要经不少难。"

又过几天，长林果然去了城里银行上班。墨镜留给小春，临行又拍出两张大票子，让小春随便花，请男同学看录像打台球也好，约女同学到城里看电影逛公园也好，总之，不要待在家里，更不要一天到夜睡觉，睡出懒惶病。

长林竟然乖乖去上班，小峰是一百个不理解。小峰觉得，长林不混社会，绝对是湮没人才。小春不同意，真到了那一天，做什么都是混社会。混社会，绝对没字面上那么简单。小春问小峰："以后你想做什么？"小峰想了想，放弃了混社会的想法，他更加想开城乡小中巴，最好和自己的女朋友一道，他做司机，她做售票员。小峰也问小春。小春心里烦躁，他只想此刻能戴上小阿哥长林送给他的墨镜，避开小峰因为身高居高临下的审视。他们站在滩皮上，各自细细体味，微风吹拂过水面，涟漪一圈圈撞过来。岸边树枝里蝉鸣突然大噪，好像所有蝉都加入了合唱。小春讲："长林走前，跟我讲起美国的知了，特别有意思。"小峰问："美国的知了，难道和中国的不一样？"小春讲："中国的知了，在地底下最多待七年，美国的知了，要在地底下待十七年。经过十七年，它们破土而出，只能活一个月。在这一个月里，雄蝉拼命鸣叫，时时刻刻引诱雌蝉。它们寻欢作乐的时间，短到以时日计算，于是夜以继日地疯狂交配。"讲到这里，小春问："小峰马上也要十七岁了吧？换成是美国知了，它们已经过完暗无天日的生活，就要破土而出了。"小峰没有讲话，他慢慢伛偻下腰，在水面上弯成一张弓样。小春清晰地听到小峰咽口水的声音，咕咚一记落进肚内。

高　处

　　对于棒木村一代又一代的孩子来说，王跃进的经历已然构成百听不厌的传奇。不知道什么狗屎运气，王跃进被前来勘探矿藏的地质队看中了，成为棒木村第一个走出去的人。那段时间，总有飞机在村子上空盘旋，尾巴拉出一条笔直的气流，经久不散。村民还曾在村西的大塘中捞出巨大的塑料膜，摊开来至少能覆盖几十亩地，据说是从飞机上掉下来的，很可能就是天空那段白色尾气。这种塑料膜其实派不上什么用场，因为太薄了，盖在稻把上绝对会戳出很多洞眼，遮不住雨，若任由它漂在水面上，又担心水里的鱼会缺氧而死，鱼死了，过年的时候家家户户便分不到鱼，年年有鱼也就成了一句空话，这种事情绝对不能眼睁睁看着它发生。村民蹚在水中伸手打捞薄膜的时候，还能在水面看到飞机倏忽来去的倒影。有人说，那是战斗机在演习。也有人说，那是勘探机，因为只有在高空，才能侦测到棒木村的地下何处藏着什么宝矿。难不成勘探机不仅是放屁虫，还都长着火眼金睛吗？勘探机的说法显然更可靠，春天的时候陆续有大卡车运送人和器材过来，紧邻着棒木村，一座座帐篷眨眼间便铺展开来，像村民从来没有见过的迷彩小蘑菇。

　　王跃进那时候已经小学毕业，一说肄业，其实他只老老实实上到三年级，后面那几年，三天打鱼两天晒网，两头瞒两头骗，跟家里大人说在学校读书，跟学校老师说家里有事，几次三番之后，家长老师都懒得再管他，反正也不指望他读书上能有出息。王跃进乐得背着书包在乡野田间四处闲逛，采桑果，捞菱盘，掏鸟蛋，偷家鱼，钓螃蟹。初中自然念不成，地里的活也指望不上，只能继续待在村里做好几年闲人。大人们起早贪黑种地养蚕，小孩子寒来暑往上学读书，只有他夹在中间，一年到头无所事事得很。倒也自由，春天背个蛇皮袋捉蛇，夏天骑辆自行车卖冰棒，秋天伙同别人开着三卡沿村挨家挨户用橘子苹果换稻米，冬天扛把挖锹在地头挖黄鳝。心疼田地无辜被毁的人，经常火速跑到现场逮住王跃进，教训他："跃进啊跃进，你这么能挖地，怎么不去挖你家的祖坟啊！"并勒令王跃进马上将挖出来的泥土一丝不少地填回去，把洞填好，看不出挖过的痕迹才算完。王跃进老实照办，但心里着实惋惜，他都已经看到洞里黄鳝的一小截尾巴了。虽然如此，老虎也有打盹的时候，他还是能瞅准时机返回，将洞重新挖开，把黄鳝抓走。好在黄鳝畏冷冬眠，否则早就挪窝游走了。不过，他也长了心眼学了乖，为了防止引起众怒，捉到黄鳝后，会把洞尽量填好，最多发泄一泡热尿在里面。在冷飕飕的风口里，新翻出来的冻土像一块深色的补丁，非常碍眼。

没想到王跃进做的这些上不得庄稼人台面的事，倒让地质队的领导很喜欢，地质队正缺这样一个人，既熟悉田间地头，又不用种地、上班、读书，能够随叫随到，甚至二十四小时待命。于是，王跃进得以坐在车头插着红旗的东风大卡车上，威风凛凛地带领着地质队的工作人员，像老鼠搬家一样跑来跑去，在东面插一根高高的金属杆，在西面打一口望不到底的深井，在南面爬坡，在北面下河。可惜的是，金属杆从来没被雷火击中过，深井也没凿在谁家院子里，坡地上的果子倒是见少了好多颗，像跌落枝头的人参土遁而去。王跃进隔天就能从河里摸到一篮子鸭蛋，好像别人家养的鸭子一晚上憋着不下蛋，就为了屙到王跃进的手心里，虽然有些鸭蛋沉在水里过久，隔着变色的蛋壳都能闻到臭味。

棒木村的村民本来对地质队满怀好奇，像土蜂老想去叮一头外来的马或熊，误以为是一朵花，但因为里面夹杂了一个王跃进，热情很快冷淡下来，只是不讨好也不得罪地冷眼旁观。说实话，村民们一开始还期待地质队在地底下能找出什么名堂经，以便坐享其成，现在又反悔了，总觉得这样的好事不该让王跃进占了头功，反而盼望地质队什么也不能发现。农民手里除了地，还有什么是值得依靠的？没有了地，一家老小难道都喝西北风啊！

想归这样想，当地质队真的屁都没发现便潮水般撤退一空的时候，村民们心里还是空落落的，像收走了小蘑菇的那块空地，留下坑坑洼洼的桩眼，晴天闪烁一窝阳光，雨天被积水注满。地质队留下的生活垃圾经常被风鼓荡起来，在村子上空无所事事地上下翻飞，因为与棒木村的生活格格不入绝无瓜葛，故而总是那么醒目。

那块空地此后便一直闲置，专门用来放露天电影，卖梨膏糖的夫妻档或者马戏团，也会把那里当成理想的表演场所。至于地质队临了临了把王跃进带走，让村民心里更不是滋味。这王跃进有什么本事，竟然还被国家单位收编了。更有甚者，在地质队离开后，又出现一种新的流言，认为那是一支假冒的地质队，实则是一个盗墓犯罪团伙，因为被市公安局怀疑，被迫逃之夭夭，又怕泄露了行藏秘密，便强行带走了王跃进。王跃进显然是被他们收买了替他们望风的人，是他们的同伙。这个显而易见的事实因为在他走后才被揭穿，又引起更多的愤怒。虽然村子里没有谁家的祖坟遭到破坏，但王跃进想要偷偷挖人家祖坟的罪名已经坐实。那时到处流行一句话：要想富，去挖墓，一夜一个万元户。现在好了，棒木村里自此少了一个游手好闲的人，多了一个盗墓贼。谁让王跃进经常挖地呢，他做盗墓贼倒也合适，只要给他一把铁锹就行，另外他挖黄鳝锻炼出来的眼力多少也算是派上了用场。他既然可以顺着不起眼的小洞挖到黄鳝的藏身之处，肯定也能找到深埋在地下的散落在尸骸骨殖旁边的黄金白银。

王跃进随着地质队离开村子后，棒木村的生活重新变得波澜不惊，好像地质队从来没有来过棒木村。塘里捞出的塑料膜，有人指出是制造避孕套的原材料。因为计划生育，村里的妇女主任从镇里领来一捧捧的避孕套，挨家挨户铁青着脸发放，好似登门送欠条。村民也都没见过这玩意儿，讪讪地笑，好像和媳妇亲热被外人撞破了，一时感到难为情起来。小孩子不管这些，以为是气球，抢过去对着嘴吹，也像猪尿泡被吹胀。便有人说，这和塘里捞到的塑料膜一样。村民们纷纷惋惜，虽然领的避孕套不用花钱，但心里都明镜似的，城里人才用得起的玩意肯定值钱。

养蜂人的到来，引发了新话题。为什么养蜂人每年都来棒木村赶花期呢？那是因为棒木村地下确实埋着矿，地质队不屑于开采是因为只有薄薄的一层，就像覆盖在水面的塑料膜。地里长出来的菜花吸收的营养不一样，蜜蜂采了棒木村的花粉，酿出的花蜜自然比别处好。蜂场也乘便搁在那块空地上，方格的蜂巢取代了圆顶的帐篷，忙碌的蜂群也像探矿小分队。说到帐篷，养蜂人的帐篷明显不如地质队的帐篷质量好，两相对比，地质队的帐篷才是帐篷，养蜂人的帐篷连狗窝都算不上。如果地质队在棒木村这里真的探到富矿就好了，那样就不仅仅只有蜜蜂能采到好花粉酿出好花蜜，棒木村所有村民也能过上更好的生活，说不定不比城里人差呢。由此又联想到王跃进，即使他没有掉进地质队这个米缸里，而是被盗墓团伙拖下水，估计现在也成为万元户十万元户了。

春天的菜花开得香喷喷黄艳艳的，菜花蛇慵懒地趴在裸地上晒日头，迎来了捉蛇人。村民还以为是王跃进又回来了，但不是。那是另外一个村里的和王跃进年龄相仿的年轻人。夏天转眼即至，有人一路敲着木板，叫唤着"棒冰棒冰"，一样诱人的声音，一样笨重的自行车，一样的里面塞着一床厚棉絮的木箱子，但不是王跃进，是不知道姓名的别个村子的年轻人。到了秋天，两个男人开着拖拉机，用车厢里的橘子和苹果换稻米，没有哪个是王跃进。冬天的时候，在田间依然能看到挖黄鳝的人，像孤零零的守界树，戴着雷锋帽护耳朵，因为没有将土填回去，所以绝对不是王跃进所为。村民们开始有点怀念王跃进，担心他在外面遇到什么不测，甚至可能野死了。一个人漂泊在外，野死而不能落叶归根，算是顶可怜的悲剧。真的很奇怪，村民们从来不相信王跃进会有好运气，能够炫耀地荣归故里。似乎当年那天他被地质队用卡车带走，就已经用尽了他一生的好运气。

　　这话听起来像是诅咒，但何尝不是一种安慰呢？王跃进被突如其来的好运气带离村子，最后如果能因为一种莫名其妙的坏运气而安然返回老家，不也是挺好的结局吗？惊魂未定的他说起这番外出的经历，好像是做了一场梦，梦醒时分，他发现自己居然毫发未损地依然身在棒木村，这让他如释重负，说起话来难免眉飞色舞——这是因为他的面相已经改变，而大家对他往日容貌的印象也很浅——好像在极力邀请听众进入他的梦境。

那是一个地质队无疑。而我被他们选中，除了人勤腿快，还因为我能捕蛇捉鳝，能捞鱼抓鸟。地质队由于绝大多数时间在野外工作，他们的食物供给虽然不是问题，但花样少得可怜，有时白天只能吃两块压缩饼干充饥，晚上回到营地才能喝一口热汤。队员们经常抱怨说嘴里能淡出鸟来。他们驻扎到棒木村的时候（说到棒木村，王跃进还是有些生疏，似乎能看出那种犹豫，他本来想说的是"我们村"，但话到嘴边又咽了回去），我给他们烧过鱼，煮过虾，蒸过鳖，更别说炒过鳝丝，煲过蛇汤。一时间大家都舍不得离开我，领导思量琢磨，我虽然帮不上地质队什么大忙，做个厨子还是绰绰有余的，更何况我还善于做野味给队员们打牙祭，于是便把我带走了。我跟着他们吃喝穿都不用愁，还能睡帐篷，甚至有工资拿，也就不想家了。我心里打的如意算盘是，等几年后，钱挣足了，那时便回来，盖房娶妻，孝敬娘老子，抚养二男三女，积蓄不够的话，大不了重操旧业，继续抓蛇、卖冰棒、换水果、挖黄鳝。我想这棒木村的蛇鳝总不至于死绝吧，夏天里的冰棒孩子们总不会吃厌吧，用水果换稻米总还是有利可图吧。

谁能想到在野外的生活会是如此枯燥呢？队员们还能看书，或者听收音机，或者给家人写信，或者干脆对着照片发呆。我打小便不爱读书，虽然算是上了几年学，知识早就连书本一起都还给老师，很多字它们认识我，我不认识它们，即使借到书也看不进去，装装样子而已。收音机更不好意思管人借，最多站在声音里蹭一耳朵听听，但十次有八次听不懂里面讲的是什么。他们说我的耳朵缺少训练，我认为是乡下人的耳朵不顶用。倒是有人善意提出帮我写信，但我娘老子连自己的名字都认不清，信纸上无论我请人写什么，不都是"满纸荒唐言"吗？照片上的人是好看，像真的一样，还对着人笑，我倒越发不敢看了，担心会被"勾魂"。这种氛围下，在外这些年，我从来不知道我身在何方，有时候在水一方，有时候在山一方，只记得卡车载着地质队进山出山，或者顺水忽上忽下。有时还坐火车，还坐飞机，就是以前在我们头上飞来飞去的飞机，然后再换卡车。卡车都是一模一样的，像一个胚子出来的，飞机不是，有的大有的小，火车也不是，有的长有的短。

在地质队里，我能做的事没几件，无外乎每次驻扎下来就到处转悠，张网捉些鸟鱼，下套捕些走兽，或者挖鳝捉蛇，为队员们改善改善伙食。但也经常不顺心，有的地方没黄鳝，有的地方没菜花蛇。毒蛇虽然也能吃，但捉它们很危险，而且据说在营地吃了毒蛇，留下气味，其他毒蛇会前来报仇。有的地方冰层太厚求鱼不方便，有的地方鸟都飞得太高。这还不是大问题，更麻烦的是，有几个地方的鱼和鸟都吃人的尸体，所以当地人不吃它们，以为禁忌，而我对此很难理解，难免犯错，惹下麻烦。渐渐的，领导觉得我成了地质队的累赘。想想也是，我在棒木村里能做的事，换随便一个棒木村的人也都能做，甚至比我做得更好，原本就不显得特殊，换到别的地方，我自然难以派上用场。有些当地的食材我甚至听都没听过，更别说我能用它们翻出花样烹饪出美味佳肴。也就是说，即使做厨师，我也是不合格的。

好在队员们都很喜欢我，即使我不能让他们打牙祭，他们依然愿意容忍我在他们身边出没，即使他们在看书听收音机写家书看照片，也不觉得我影响干扰到他们。我是一个和他们完全不一样的人，但正因为此，他们接纳了我，好像我既存在，又不存在，有时是有血有肉的身体，有时是可有可无的影子，有时就只是他们口中一个非常熟悉或者全然陌生的名字。他们会抬起眼睛看我，空若无物，眼神定定地穿过我，看向不可知的别处。这时候，我有时会忽然忘了我是谁，记不起来我为什么身在此处，在他们中间。

总之，我慢慢适应了我的新角色，在他们看书看照片看信的时候看他们，在他们听收音机的时候听他们，甚至我也能陶醉在他们观看照片时的甜蜜和忘我中，感受到他们写信时的欲言又止和怅然若失。通过和他们的朝夕相处，我觉得我受到感染，有了变化，初始不明显，等待发觉时吓了一大跳。我完全没想到，我成了这样的人。

是这样的，地质队在我看来就是站在地面了解土地深处的一群人。这一点和农民完全不同，农民种庄稼只会用锄头和钉耙刨开浅浅的一层，还不如我挖黄鳝的洞深，可再深的黄鳝洞也没有他们用机器打出的洞深。他们在旷野挖出笔直的地道，比村里的井更深，却很少钻进去一探究竟，虽然他们经常和我开玩笑，说一直挖下去，就能把美国挖出来，还让我钻进他们打出来的深井里。美国肯定不可能藏在一处荒无人烟的深井里。他们一点也不期望井底掉出来一个美国，只是静等地下水的涌现。他们会提取深处的水、土壤和石头做实验。除了打井，他们还会举着一枚圆环仪器不知疲倦地到处察看，好像在测量或者捕捉野外的风丝风片风声。

我觉得我在棒木村有限的生活里，其乐趣也比现在多很多。很奇怪，他们热衷于谈论地底下被隐藏的秘密，甚至可以借此推测几百万年前的痕迹，而他们在地面的生活却比不上一个未谙世事毫无知识的乡村年轻人。我连自己几年前发生的事情都记不清楚，但他们谈起几百万年前的变化却头头是道，好像他们不仅亲身经历，而且还留下了深刻的难以忘记的印象。他们彼此的交流让我如听天书，即使如此，往往就在我快要睡着的时候，一两个字眼突然大放光芒，吸引了我，好像那些词语从古至今一直存在也因此获得了魔力一般。

为了能在这个群体里获得一席之地，我指的不是做饭，而是剔除工作之后的一种真正意义上的相处，我甚至一度打算钻进他们挖出的深井里。哪怕只是我一时心血来潮，跟他们开个玩笑，躲起来以便让他们四处找我，在空旷的原野上（除了我们便再也没有别人）焦虑地大声呼喊我的名字。当他们找到井口的时候，我便在幽暗的井底回答他们，指出我的所在，同时告诉他们，在这井底并没有他们一再强调的美国。我想借此取悦他们，特别是由于投井容易出井难，我还需仰赖他们的帮助，在井口放下一根长长的绳子，将我一点点地提上去。当然，即使如此，我依然有别于那些从井底提取出的物质——水、土壤和石头，他们显然不会拿我做实验，即使在他们眼中，我像是五十年前或五百年前的人，甚至更早，早到几百万年前，都没有区别，我还是宛若最无关痛痒的空气，连风丝风片风声都不如，不会被探测器感应到。

　　既然在井底和他们对话——我假想过多次，却从没有真的实施过——这件事看起来不仅不可行，也有潜在的危险，效果更是几乎没有，已过早地被证明并非明智之举，我只能另谋他途。我能想到的只有爬到高处。非低即高，非远即近。在野外，总有一些树长得很奇怪，高而笔直，适合攀爬。即使上面没有鸟窝，我也早就不是喜欢掏鸟蛋的孩子，但另一种欲望让我跃跃欲试。对我来说，上树容易，下树更不难。在树上和他们说话也不像在深井里。树冠中鸟雀和夏蝉的鸣叫会铺满我们的耳朵，但井底老鼠或蛤蟆的叫声几乎听不到。我很想给他们露一手，展示我爬树的本领。但我不是猫，他们也不是狗，我不能无缘由地一看到他们就慌张地哧溜上树，然后置身树冠，透过枝杈和树叶闪闪烁烁地看他们，不等他们散开我绝不下地。我需要一个合适的理由和机会，不仅能让我在众目睽睽中往上爬，他们也会在树下仰望，并和我保持对话，而不是对峙。

每个星期六，我很容易混淆星期几，但他们却记得非常清楚，似乎我们遵循的时间刻度并不一样，一辆卡车便会送来补给，米面，新鲜的蔬菜，肉类，鸡蛋，豆制品，以及油盐酱醋等调料。但是那个星期六出了点意外，卡车迟迟没有出现，这与其说让人失望，不如说让人好奇。他们更关心的是，补给车还来不来，以及什么时候来。卡车也许出了故障，发动机损坏，爆胎，刹车失灵，燃油不足，道路受阻，司机生病。在等待中，鸡蛋破碎，菜叶发黄枯萎，肉类变质。最后，一辆臭卡车停到营地边上，整个营地笼罩在可怕的臭味中。这是他们的想象游戏。动不动就与几百万年前的遗留物打交道，养成了他们在时间上的挥霍和漫不经心。一辆卡车从出发点驶到营地，花的时间可能不亚于一次跨银河系的宇宙漫游。

终于，他们厌倦了种种寻常的切口，将目光转移到了我的身上。也许，那是因为夕阳斜射，那棵大树瘦长的阴影启发了他们。"王跃进，你会爬树吗？"他们问我，我几乎喜极而泣。这是我等待已久的询问。我朝手心吐口唾沫，两只手掌使劲搓了几下。我已经按捺不住爬树的冲动，似乎我极其渴望长成这么高的一棵树，我的体内孕育了一颗魔豆，它能让我不费吹灰之力就登上云端。其实，我是怕地质队的领导会突然经过，他肯定会叫停，就好像不让我捉毒蛇，不让我抓鱼捕鸟，他的命令简短而有效，表情却意味深长。

就这样，我爬上了树。他们都在树下仰头看我，和我预想的一样，我似乎是他们用齐刷刷的目光托举上来的，像一朵浮云。我往上爬，爬了一截，就扭头问他们："够了吗？"他们说："你能看到卡车了吗？"似乎只要看不到卡车，我便只能往上爬，而树就必须不动声色地往上生长。我已经坐在树冠上了，又一次俯身问他们："够了吗？"声音像鸟雀一样四下散开，我觉得我的话被风吹跑了，并没有落到地面。隔了好久，他们把声音绑在一块扔了上来，我听到的还是："你看到卡车了吗？"跻身在树冠柔弱的枝杈间，我极目远眺，终于看到在很远很远的地方，我们的卡车正在向营地驶来。我向他们比画手势，而他们很快明白了我的意思。高处的嫩枝富有弹性，它们或许是鸟类的起飞和降落平台，或许是云和风的停靠码头。那是我第一次爬那么高的树，爬得这么高，我的身体随着枝条而起伏，我感到快乐极了，忍不住越过远处那辆像甲壳虫一般缓慢移动的卡车，望向更远处。

人在地底下，会看到层层积累的时间，每一块石头，每一圈岩层，都清晰地记录着时间的流动。我曾经对此怀疑、震惊、激动，摸着那些幽灵一般的石头，我能感觉到过去的时间汹涌而至，那是他们口中经常提起的史无前例的大洪水。唯一的大洪水。在那场大洪水中，最高的山峰也被淹没了，太阳依旧东升西落，但照不出任何的影子，大洪水让影子彻底消失了，太阳只在水中发现无数颗太阳，那是它的倒影。太阳的倒影让水都燃烧起来，造成一种水包住火火包住水的远古奇象。这样的大洪水，我从来没有见过，我只对棒木村的洪水有印象，但它虽然卷走过人，毁坏过田，却连一座桥都没有冲垮过。当我站在如此高的高处，我有了一种异常踏实的感觉，好像暂时逃出了过去时间对所有人的合围，不管是以分秒时，还是以年月日，或者百千万年，过去的时间仿佛就在我的脚下流淌聚集，像那场史无前例的大洪水。

卡车进了营地。树下的所有人都涌了过去，帮助司机往下面搬菜。司机简直受宠若惊，他原来以为误时会让他饱受埋怨，没想到竟是礼遇有加，为了表示歉意和感谢，在离开时他让卡车的喇叭长鸣了好几声。他们搬完了菜，才想起临时担任瞭望员的不称职的厨师还在树巅，借助稀疏的星光，他们在浓密的树影中寻找我，据说我暗黑的身影像极了一只夜栖的大鸟或者一颗硕大的鸟巢。"快下来吧，王跃进。"他们呼唤我，也因此惊扰了我的美梦。在树上，我真的睡着了。

这竟然是我在地质队唯一的一次爬树经历。从那么高的树巅下到地面，我再也不渴望爬树，或者任何的高处了。他们经常怂恿我，"王跃进，你不是能爬高吗？你快点爬到高点的地方，看看补给车到哪里了？""看看天边那块乌云，它的尾巴垂到哪里了？""看看三小分队，他们现在在哪里？""看看领导什么时候归队？"好像只要我爬到高处，不仅能看得远，还能未卜先知。好像我既然能看到远处迤逦而行的卡车，就能看穿一切。当然，他们是在揶揄我。当然，他们也希望在枯燥的野外生活中找点乐子，就好像读书写信，听收音机看照片。看我爬高显然也是一个乐子。他们从没有见过这么能爬高的人，飞檐走壁，身轻如燕，这么说来，武侠小说中怀有绝顶轻功的人肯定是存在的，只是没有机会遇到罢了。他们端详我的手，检查我的脚，研究我的腰，甚至怀疑我的屁股上藏着一根起平衡作用的尾巴。他们问我："王跃进，在那么高的高处，你的呼吸是不是很困难？你的心跳是不是很剧烈，像张飞给关羽擂鼓一样？"在高处，我没觉得有什么异样，呼吸正常，心跳匀速。要说不正常，只有我的视力显得很不正常，让我感到害怕。譬如说，我能"看到"时间，那还只是一种感觉，或者说是一种错觉，是我和地质队的人长期朝夕相处，受到他们的影响和刺激，产生了混乱和虚妄。我连自己几年前的事情都记不清，怎么配谈时间呢？虽然我确实像一只蚂蚁遇到大象，感受到过于庞大带来的压迫和紧张，我指的是他们关于时间的谈论和表达的其他所有知识，必然会在我心中造成似是而非的影响。我既不能消化和摆脱，更无法对此作出解释。我只能"说出"，但对着他们，我连"说"的勇气和能力都极度匮乏。我只能"看"，就好像在高处我所看到的，除了卡车我还看到了其他。我只对他们说了卡车，其他影像我只字未提，苦于我不能理解我所看到的，因而也就无法说出。这困扰了我，不亚于一场大病，看起来除了离开地质队，我别无他法。于是，我在放弃自己之前，重新回归到了棒木村。

"那么，爷爷，你在大树上看到了什么？"对那些对外面世界抱有不切实际幻想的孩子来说，传奇固然听不厌，他们对自己好奇的问题更是紧抓着不放。作为第一个走出棒木村并且在第二个走出棒木村的人还没有出现时就已经回到棒木村的王跃进，他现在已经是一个老人，老得足以说出人生中所有的秘密，却依旧困惑于如何向孩子们说出他当年所见。囿于语言，他仍然会迟疑，觉得还是什么也不说为好，但生活经验（哪怕是棒木村有限的生活经验）又促使他必须尝试说点什么，尤其是随着年岁增长的见闻，通过某种神奇的契合，无疑暗示并助长了他的勇气。

"我看到了什么？"老人王跃进喃喃自语，身体微微颤抖，好像正站在时间的某个触角上轻轻摇晃，刹那间他仿佛又回到了当年旷野中高处的树冠，正在极目远眺。

"在找到那辆卡车之后，我把目光迎向更远处，那辆卡车很快驶出了我的下眼眶，在我的上下眼皮之间，就再也没有什么活动的东西了。除了风，但风我是看不见的，只有吹过身体时才能感觉到。我一直看着远处，也许是所有的远处，渐渐的，我觉得我看到了，就像过去的时间被我想当然地察觉到，我自以为看到了未来的时间。假使在现在，过去的时间拥挤着畏缩不前，越积越多，就像洪水一样汇聚到一起，只等着开闸泄洪，轰的一下就全跑出来了。未来的时间不是这样的，它若有若无，似隐似现，只借助某些具体形象的渐次确立而得以呈现。它从容不迫，与其说在趋近，不如说是远离，就像旷野中的鬼火一样。你如果离得太近，它反而会远离躲避你呐。未来的时间就这样，尽管谁都相信它的存在，但谁也看不到它，更别说趋近了。不过，万事万物都有罅隙和裂缝，时间也是。过去的时间凝聚的是坚固，未来的时间仰仗的是缥缈。最初，我看到一团灰蒙蒙的东西，像阴影一样悄无声息地四下蔓延，但某个局部随时又会被光所照亮。好像我这边渐渐闭合的夜幕并不笼罩它们，另有一个太阳和月亮在围着它们打转。这让我产生了晕眩。一开始我也以为是海市蜃楼。我曾经见过几次，宛如生长于云端，够不着也戳不破。我在树上所见到的并不是海市蜃楼，它是活的，或者说是活动的，在阴影里蛰伏的时候像水浪，在阳光里显形的时候像火焰。当我怀着惊惧看向它的时候，它停住了，甚至在后退，像潮水退却那样。我放弃了看它，而是看向所有的空，它又开始主动慢慢接近了。夜的气息伴着凉意，在树杈间更为明显。星空像浩瀚的沙丘有了呼吸。我甚至能感到一滴露水正在我的眉宇间形成。

"孩子们，我看到了什么？不是时间，而是空间，是凌驾于时间之上的变幻的形状。它像水一样不具形，也不像火焰那般有方向。我能感受到它刺骨的寒冷，又能体会到莫名的灼热。似乎能把一切都冰封，把冰封的万物融化，把融化的所有重新冷却塑型。我看见了新时代的大洪水，那是摩天大楼，如镜像一样被不停复制出来，蔓延扩张，挤满所有的空隙。摩天大楼的洪水，侵占所有的土地，塞满所有的空间。那是城市这头怪物的细胞。在几万年前，地球表面零星地散布着穴居人的洞穴，穴居人像土蜂一样钻进钻出，身上经常沾满野花的花粉。后来出现了村庄、卫城和城市。城市就是新的巴别塔，身体盘踞在大地上，触角尽可能伸向空中。最后的城市就是巴别塔，将覆盖所有的地表，接触并遮蔽所有的天空。当到了那时，城市便是新的大洪水，淹没了一切，等到这股洪水消退，第三只鸽子衔来的将是一段水泥钢筋。这就是我在旷野中看到的阴影和火焰。

"很多次，我随着地质队从城市中心穿过，或者绕行于它的边缘。我没有在城市生活的经验，但我感觉到它发展壮大的野心和牺牲一切的决心。在城市边缘住过哪怕一天的人都会有切身体会，城市联合体就像细菌一样迅速蔓延。第二天和前一天完全是不一样的，突然蹿出来的光怪陆离会让人误以为已经置身城市的中心和闹市区。城市的去中心化显然是一个阴谋，当每一个边缘地带都自以为是中心时，它就被城市完全吞噬掉了，被吞噬的又自动转化成饕餮，张开饥饿的嘴巴，急不可耐地去吞吃更外围的一切。

"这就是我看到的，城市让摩天大厦成为它的拐杖和马匹，正在急行军，绕地球一圈又一圈，直到把地球围成密不透风的水泥茧。我还看到你们，孩子们，你们的脸在城市的霓虹灯中闪现，你们的身形在大街小巷流淌。我看到你们在送外卖，在送快递，在洗车，在开滴滴，在贩卖假证，在制造盗版书，在充当打手，在坐台，在当嫖客，在扫大街，在造房子，在开电梯，在端菜，在洗盘子，在当月嫂，在做保姆，在流水线上呆若木鸡，在看周末电影上午场，在吃冰激凌和爆米花，在逛一元钱超市，在立交桥上乞讨，在当狭小空间的租客，在小心翼翼地刷信用卡，在不切实际地幻想，幻想能有朝一日摆脱现在的身份，成为一个真正的城里人，过上光鲜体面的一生。光鲜体面也许会来临，但那时人生很有可能已近尾声。

　　"这就是我看到的，在高大的建筑群之间，那一张张脸。每个人穷尽一生的努力，不过是坚持一直成为一个微不足道的齿轮，所有的力气只是用来让齿轮徐徐转动。无数齿轮的咬合带动，无非让城市扩张得更快。就是在那棵树的树巅，我看到城市的逼近，不会放过任何一处旷野，碾压所有的乡村，将之变成领地和附属，一网打尽，然后形成新的一轮滔天洪水。

　　"然后，我看到了棒木村，它和我离开时一模一样，完全没有变化。我们的棒木村就在高楼大厦幻影的后面，很容易忽略它，一旦忽略再想找到它就难了。我甚至能找到田野中我捉黄鳝挖出的洞，看到那像补丁一样的被我翻出来的冻土。为什么我要跟着地质队出来呢？为什么我不能待在棒木村呢？如果城市注定要将所有的乡村一扫而空，我在家里坐等城市登门拜访，不是更省心吗？就像你们看见的，事实正是这样发展的，棒木村通上了电，通上了自来水，通上了电话和网络，开通了快递和外卖业务，邮政局和711也有了。等到村里出现的高楼装上了电梯，它真的就跟城市一样了。夜深人静，当你坐在抽水马桶上，你也会感到一种息息相通，四通八达，无所不在，泛着臭味，让人绝望。

"这就是我在高处看到的景象，它已经发生了。而我一点办法也没有。"

辑二
流动的盛宴

一 部

复活的死人

流动的盛宴

喜不足喜，哪怕到处张贴了喷红吐艳的双喜。

悲不胜悲，天意纵然不许，人间也尽是白头。

这是老张和小李恪守的人生信条，虽然他们一老一少，中间隔了二十多岁，而这二十多年的丘壑又显然并非一代人的经历所能填满。

他们的第一次见面，是在一次八音乍起的丧席上，俗称"吃豆腐饭"。

老张清楚地记得，吃到最后，小李在众目睽睽下，用几张餐巾纸把一只汤碗擦得干干净净，揣到了怀里，随即扬长而去。老张差点喊出"抓偷碗贼"来，不过是为着避免暴露自己，方才恨恨作罢，但也因此对小李印象深刻。

紧接着却是在一场喧闹骚动的婚宴上他们再一次遇到，端坐的人群中老张不免多看了小李几眼。老张以为小李是男方那头的小哥们，小李则以为老张是女方那头的远房亲，两个人各怀鬼胎，藏形匿迹，只顾埋头一通进食。事实是他们和哪一方都没有关系，好比骆驼翻跟头，两头都不着靠，不仅如此，他们与婚宴中的所有人此前也从来都没有见过哪怕一面。这种情形下，见过倒是要坏事。

这两个人虽然互不相识，但照此态势发展下去，势必低头不见抬头见，老张和小李想要继续装作陌路人断无可能。

接连几次在不同的宴席上不期而遇，主家和宾客们倒是换了一批又一批，独他们两个雷打不动，各花入各眼，也就成了法眼。

一个人有这么多台亲戚并不奇怪，可怕的是这些亲戚彼此之间竟然没有一个是交叉合集的，岂不是咄咄怪事？老张和小李自此也就心照不宣，知道彼此实属志同道合，都是来蹭席的，如果有人贸然问起，他们自然备有锦囊妙计，端的是随机应变，得心应手地任意高攀援低俯就，不是新郎的贵亲，就是新娘的宝眷，或者死皮赖脸地和死者称兄道弟，反正是死无对证。更何况，皇帝免不了有几个穿开裆裤辰光的朋友，落水狗也曾经呼朋引伴一起抢啃骨头，总之可以找到八竿子打得着的关系，落实那可有可无的亲眷，但绝对不会无缘无故出现在这样的场合。

这种游戏随时可能会露馅，好在各路神仙和菩萨齐飒飒保佑，一直没有穿帮过，但意外随时会降临。为了对付这种意外，老张在上衣内袋里掖有薄如蝉翼的份子钱，虽然从未掏出过，更是让他倍觉欣慰。小李从不额外准备礼金，他觉得多此一举，如果花钱就没有必要来这里吃饭，而是特地准备了一双跑鞋。小李脚踏一双轻便合脚的运动鞋，如同祥云，随时可以离席开溜，跑起来像风一样。

如此一来二去，三番四次，老张和小李不出意外地走得近了，有时像父子，有时像翁婿，有时像师徒，有时像朋友，有时像同事。在他们身上，两个年龄相隔两轮上下的男子之间的社会关系，很快差不多就穷尽了。他们福至心灵，觉得既然双方不存在竞争和敌对关系，那就一定可以通力合作，互相有个照应。

第一次联手难免做了趟夹生饭，老张和小李不仅要尽量提防被对方占口头上的便宜，也容易露出马脚让酒席上其他过来搭话的人心生疑惑，可对方毕竟心思不在这里，更不会打破砂锅问到底，到底是虚惊一场。

几场虚惊过后，无论是老张还是小李，再次对演起来就很顺手，可能他们发现彼此有空子可钻倒不失为一种打趣，即使事后得了便宜还卖乖的一方，会像炒豆子一样反复提及旧事，只要不伤筋动骨，也就无伤大雅。

比如说，他们扮演翁婿，老张自然演丈人，即使老张真有和小李年龄相仿的闺女，也不觉得小李就此真的和自己的女儿有什么关系。反过来也一样，他们假装是父子，老张开始还有点飘飘然，自问这个父亲当得还算可以，就被小李简单一句"我的父亲早就化为一堆黄土了"，犹如一盆凉水从头浇到脚，顿时自得之色全无，反而觉得愧疚，虽然小李完全是一副无所谓的态度。

也因此，从一开始他们就为这种交往定下了基调，那就是可以挖空心思尽情奚落嘲讽对方，但同时也要十分清楚这种行为完全不起作用，毫无必要，也就没有意义。

有时他们自己都不觉得是在演戏，甚至巴不得会有人过来同他们聊天，最好险象环生，最后化险为夷，这样全程紧捏着一把汗，倒可以大大增加茶余饭后的谈资。不是说蹭吃蹭喝没有意思，不然他们怎么会像上瘾一样孜孜以求呢，而是这种意思显然越来越不那么大，需要辅佐其他的一些刺激，否则就会真的没有一点意思了。

通常情况下，老张和小李会结伴出现，缩缩刺刺，唯唯诺诺，找外围一张不起眼的桌子坐下。老张会对小李说："我看这张桌子还空一点，我们就坐在这里吧。"大喇喇坐下，抢在同桌其他人脸呈疑惑费劲思索之前，小李表现得自来熟，拿起桌上的烟盒，撕开，挨个敬烟，动作一气呵成，一副舍我其谁的架势。抽烟的空当，小李不动声色甚至有些无礼地但完全是随机地审问其中一个人："你是哪头的亲戚？我怎么不认识你？"老张就会瞬间热情高涨，拦住小李的话头，"你这个小同志，这样说可有点见外了。既然坐了同一张桌子吃饭，我们就都是亲戚了。两家亲不如一家亲。大家说是不是？"于是就闹热起来，但凡桌上有抽烟喝酒的人，一准就像失散多年的亲人重新聚首，或者是刚做成亲眷关系的人那般假装客套。

选择外围的桌子也有说法。靠里的重要的桌次，往往安排重要的关系更近的人，基本上是一桌一家人，团团坐定，不仅同桌的人眼里揉不进沙子，主家对入席的人也很熟络，断断不可能叫不上名字，更别说是插进来一张生面孔。在安排座席时被边缘化的基本上是远亲，远亲不如近邻，近邻有时还收不到一纸请柬，不够资格被请来吃饭。双方本来走动得就不亲热，仅限于红白喜事才会往来，本着一碗水要端平的原则，一方不能不请，一方不能不来，终究是带着些别扭，有几分胀气，容易让老张和小李这样的人钻空子，浑水摸鱼。坐远了还有一层好处，主家即使敬酒敬到这边边上，有可能只是装装样子走走过场，自然是一绕过；即使真情实意要劝酒，也基本喝到数了，这时候滥竽充数的李鬼和难得冒出来的李逵，在主家眼里又能有什么区别？

细说起来，老张和小李留给彼此最初的或者说最根深蒂固的印象，倒证明了两个人确实是一路货色。

对小李来说，第一次见到老张那会儿的印象已经不深，但正因为印象迷糊，彼时的老张就很像死者从镜框里直直走出来，浮坐在板凳上一言不发，愁眉苦脸地俯瞰着一桌菜，显得毫无胃口。老张的弯钩鼻和虚眼泡让其面目如同鹰隼，也充分证明了他这么多年的死人饭毕竟没有白吃，老张这副尊容"即使烧成灰我也能认出来"。

老张则对小李私拿汤碗的细节始终无法释怀，一直苦苦地追问。小李一直打过门，吊足老张的胃口之后才告知实情。原来吃豆腐饭时取走一只小碗在乡下再是正常不过，主家不仅不会阻拦，反而会求之不得。小李交代完不忘尖酸刻薄一下，认为老张这个城里人什么都不懂，简直像白活了。老张无言以对，谁让他对自己的过往讳莫如深只字不提呢。

受小李如此挤兑，老张对小李自然也没有好话。年轻力壮的小李在老张看来就像一只硕鼠，肥得不得了，胆子也壮，不怕人，更不怕生人。这显然是有原因的，比如说小李的脸是典型的腰子脸，两副腰子合在一起，"这个长相基本上也是到头了"。脖子上顶着腰子的小李，走到哪里遇到什么都容易激动得满脸通红，在婚宴上更是完全坐不住，恨不能像戏文里的王老虎一样抢走新娘，自己取而代之当新郎，那可真是风流快活得紧。小李不折不扣就是一具行走的精子盛器，随时都可能精满则溢。

总之，老张和小李，孟不离焦焦不离孟，组成了一对到处蹭宴席的饭搭子。熟归熟，吃饭归吃饭，他们却秉守着这样的原则，那就是坚决不会出现到对方的现实生活中。他们当然是朋友，甚至算得上是忘年交，但这是怎样的朋友和忘年交啊：不管小李如何旁敲侧击，老张对他的过去始终守口如瓶；不管老张如何循循善诱，小李就是绝口不提他的未来打算。

当两个人出现在同一个宴席中，他们就像是一个人，小李指向的是过去的经历，童年、少年和青年倏忽而逝的时光，老张则以"活着"具体而生动地诠释着他步入中年及至老年的每一天。也许，老张和小李在宴席上的相遇、相识，进而联袂追逐更迭的喜宴丧席，这显然不是没有原因的。老张习惯于在过去面前装聋作哑，小李则装作对未来丝毫提不起兴致。他们两个人就像是搭扣，是过去和未来的衔接段，也是犹疑的，不确定的，虚无的，浑身上下闪耀着"既然如此""那就这样吧"的动人光辉。

但这些早已经是十多年前的往事。十多年前，大概是2000年左右，又是千禧年来袭，又是世纪之交，又是十年流转，在当年遥想起来动人心魄，在回忆中其实也稀松平常。老张和小李并没有被千禧年来临烧坏脑子，而是相当冷静地互留了手机号，相约"千年等一回"，以后一定随时联系，以便共同赴宴。

那可真是好日子，在大街小巷随便转转，就能撞上开张的流水席，桌子从街头一路排到了巷尾。有时左手是婚宴，右手便是丧席。左手在为两个人的结合张灯结彩，右手在为一个人的远行吹吹打打，而跳到半空中的鞭炮声，因为眼界开阔，竟然从互不相让，争风吃醋，最终变成了难分彼此，融为一体。如此盛景，让老张和小李摩拳擦掌，既兴奋又沮丧，因为他们无法吃完这家再去吃那家，即使能把脸皮厚上三分，肚皮也不能撑得再薄一层了。他们很希望一家家吃过来，再一家家吃过去，不能厚此薄彼，必须一视同仁。他们只能感叹：为什么不能早几天入洞房或者晚几天走呢？他们吃得满嘴流油，塞得肚满肠肥，几乎抬不起腿走不动路，必须扶着腰就近找个地方坐着歇上一会儿，才能步履蹒跚地回家去，为下一次的盛宴养精蓄锐。

在无聊消食的工夫，他们会用牙签剔着牙，或者嘴上叼根烟，漫无边界地扯闲天，说得最多的是那篇《齐人有一妻一妾》。

"齐人有一妻一妾而处室者，其良人出，则必餍酒肉而后反。其妻问所与饮食者，则尽富贵也。其妻告其妾曰：'良人出，则必餍酒肉而后反；问其与饮食者，尽富贵也，而未尝有显者来，吾将瞷良人之所之也。'蚤起，施从良人之所之，遍国中无与立谈者。卒之东郭墦间，之祭者，乞其余；不足，又顾而之他——此其为餍足之道也。其妻归，告其妾，曰：'良人者，所仰望而终身也，今若此！'与其妾讪其良人，而相泣于中庭，而良人未之知也，施施从外来，骄其妻妾。"

如果蹭席算是一个行当的话，那么这个齐人显然是当之无愧的祖师爷。老张力主每次蹭席之前应该祭拜一下齐人，烧两把香，或者望空祷告一番。小李认为大可不必，一旦这样做了，就是越过千年向祖师爷行贿，也就等同于花钱吃饭，蹭席云云，自然难以成立。话题很快扯到老张身上，小李觉得老张要是生活在齐人那个时代，其嘴脸可能比齐人更无耻，进而又断定以老张的年龄，必然也享有齐人之福，至少有一个妻子和一个情妇。老张马上矢口否认。在这个问题上他的寸步不让，反而让小李变本加厉，替老张幻想出好几任老婆，好多个姘头。老张避开话题，反击嘲讽像小李这样的种马才会需要和驾驭如此多的女人。小李是精满则溢。老张不失时机地盖棺论定。

但好日子很快就到头了。即使老张真能化身为一头鹰隼，飞在城市的上空巡视，小李缩成一团如老鼠，在地面的各个角落穿梭，竟然很难发现盛宴的痕迹了。他们为此真是想破了脑袋，觉得高楼取代平房很可能是造成宴席从他们眼前和身边消失的重要原因。在平房时代，即使在城市里，每家每户差不多都有院子，更不用说在乡村。无论白红喜事，主家都会在家里摆宴席，家里搁不下几张桌子，就绵延到院子里，院子也不够用，还有房前屋后，还有马路牙子，不管来多少亲戚，要借多少张桌子，地方大着呢，可以不断地延展出去。高楼大厦时代就不行了，一幢楼即使只修七层高，里面住了很多户人家，家里那么小的面积，肯定是办不了酒席的，也没法在楼下空地上搭棚子占用公共空间，只能让酒店饭店承办各式酒席，而去这样的地方蹭席对老张和小李都是巨大的挑战。特别是城市禁止大鸣大放后，他们再也无法在半空中和地面上找到盛宴的蛛丝马迹了。他们走街串巷，也能看到婚车的队列，缓慢驶进一个小区，停在一幢楼前，不过是接上新娘或者是把新娘送入新房，不到半个小时，车队就会开往另外一个地方，那里宾客们济济一堂，只待一对新人入席，然后开怀畅饮，然后陆陆续续散尽。丧事也一样。在殡仪馆举行告别仪式，随即火化下葬，不待尘埃落定，死者的亲属们就会聚集到另一个地方吃饭。

完全没有家的感觉，悲喜也像染上了这个时代的浮躁，变得浅了，淡了。喜不是喜，悲也不是悲。老张和小李，谁知道呢？也许他们一个是鳏夫一个是孤儿，一个生无可恋，一个未来不期，都是过一天算一天。他们在街头巷尾追逐流动的盛宴，不过是想以一个陌生人的身份夹坐在诸多亲友之间，感受家的氛围，在悲欣交集中体验或悲或喜。

所以，这差不多是故事的终结了。老张和小李苦于找不到往日熟悉的宴席，彼时它们或红或白，铺展盛开在大地的平面上，具体得就像脚印，轻盈得如同吐气，两个人垂头丧气，一时不知所往。猛然间，就在他们的眼皮子底下，一个酒楼的外显电子屏上闪过如此熟悉的信息，某某和某某喜结连理。几行字循环播出，这差不多就是全部的过程、意义和祝福了。不知道为什么，盛宴在几步外触手可及，他们却突然失去了兴致。他们很难想象自己坐在其中狼吞虎咽。太不应景，太可笑，太没有意思了。仰望眼前高耸入云的华厦，它就像一座通天塔，把天底下所有的宴席都吸纳了进来，宛如在向云端上献祭。

老张和小李既像喃喃自语，又像在万分不舍地艰难地打招呼，作别。"那么。好吧。我们也走吧。""再见了，老张。""再见了，小李。"再见即不再见。但也可能，他们相对的背影隐含如下信息。

"老张，你什么时候死，务必记得通知我，我一定会去吃你的豆腐饭。并且还要当着你的面，再一次堂而皇之地顺走一只碗。"

"小李，你什么时候结婚？你这家伙，不会因为怕我去蹭席，就要一直拖到我驾鹤西去才肯动结婚的念头吧？我兜里准备多年的那封份子钱，在我死之前总得给出去。"

挟持去燕郊

　　妻子在卧室给儿子喂奶，丈母娘打扫卫生。我坐在客厅看美职篮的比赛直播，勇士对雷霆。雷霆全场领先，到了比赛最后一分钟却突生诡变，勇士开始实施紧逼，先迫使雷霆出现失误，中场抢断扳平了比分，接着又防守成功，勇士打最后一次进攻，占据了主动，可以选择尝试绝杀或者将比赛拖入加时。库里带球一过中场，突然超远投射，oh my god! 三分绝杀。库里高扬起双臂，雷霆双少则一脸郁闷。

　　一场精彩绝伦的比赛。只是少了啤酒和香烟。因为妻子刚生完孩子，我决定在家不再吸烟，丈母娘特地从老家赶过来照顾产妇，大上午的在长辈面前我也不好意思开罐啤酒喝，那样感觉像个酒鬼。等到球赛结束（由于暂停多，感觉很是拖沓），丈母娘也将家里收拾得干干净净，我接下来要做的事是把垃圾送到楼下，顺便抽根烟。

　　我和妻子在大学里开始谈恋爱，大学毕业后双双来到北京，谈了八年后决定结婚，在东五环外买了房子，一来房价相对便宜，不至于为了首付砸锅卖铁，二来离八通线比较近，出行还算便利。妻子怀孕那会儿，坐公交地铁都不方便，苦于摇不到车号，我们不得已只能在老家买了辆二手车，办了个入京证，千里开车进京，主要是为了上下班接送怀孕的妻子。眼下那辆旧别克就离我几十米远，趴在几辆新车之间，显得寒酸而突兀。

抽烟这会儿工夫，头顶上有飞机飞过，像个巨人国儿童手中的玩具。每次这个时候我都会暗下决心，争取在两年内摇到号换新车，在五年内换个面积大一点的住房，位置再往城里靠近一点，最好能搬到三环左右。但我知道这是不切实际的幻想，似乎抽一根烟也会使人软弱而荒唐。我知道原因所在，以前我平均每天要抽两包烟以上，现在减少到一包以下，有时还是个位数，真有点适应不过来，就像长期生活在陆地上的人突然来到海上，或者在船里颠簸久了的人突然上岸，产生的那种眩晕感。

这个时候，突然有一个人欺身挨近了我，把正伸出脚碾压地上烟头的我吓了一跳。我以为是来借火的。那是个和我差不多年纪的男人，穿着很随意，脸上胡子拉杂，好像几个星期都没有睡过囫囵觉。也许和我一样，他也刚新晋升为父亲，显得又憔悴又慌乱。不过我注意到他穿的还是比我正式，我穿的是拖鞋，对方穿的却是运动鞋。相形之下，我显得很懒散，而他却眼看着就会精神抖擞起来。晚上起夜照顾孩子的时候我也会这样，在睡得迷迷糊糊中突然像是有个人往你心口塞了一坨冰块，一激灵就睡意全无。

这个陌生人站在我面前，并没有向我借火，而是开口向我借车。这是我从来没有遇到过的事情。在开车这件事上，我不折不扣是个新手。很显然，我遇到麻烦了，这个人并不是我的邻居，也看不出来是不是一个父亲。也许他是一个精神有问题的人，但我依然错了。在接下来的对白中，他显示了严谨的逻辑，而我很快就一败涂地。

他问我借车，不是他想把我的车开走，那样一辆陈旧的二手车能卖几个钱呢，而是要我开车送他去一个地方。我强作镇定，摊开双手告诉他我没有车。他并没有生气，依然冷静地用实际行动指出了我的错误。他走到了我的那辆别克前面，轻轻用指头弹击了两下后视镜，仿佛在说："你的车是这辆，对吗？"

看来他这个时候找上我不是没有原因的。也许他已经窥伺了我好久，知道我的车，知道我住几层，家里有几口人。还有什么是他所不知道的吗？只要翻翻我送下来的垃圾袋，差不多就可以复原我的全部生活，我初生的孩子，我妻子的生理周期，我们的网购习惯，所有的一切。

我告诉他，我下来是扔垃圾的，车钥匙没带在身上。这是显而易见的事实，谁会穿着拖鞋下楼扔垃圾，兜里还带着车钥匙呢。他显然也默认了这点，只是让我快点上楼回家去拿钥匙，他就在楼下等我，一副相信我不会跑的坦诚，以及背后呼之欲出的"跑得了和尚跑不了庙"的自信。

有什么办法呢？我只能上楼回家去取钥匙。我爬得并不慢，但楼梯好像突然拉长了。我还是没有想明白，怎么下楼丢个垃圾也会无端惹上这么一个麻烦，差不多算是飞来横祸了。虽然不知道陌生人究竟有什么意图，但肯定不会是什么好事。另外，这个奇怪的人，他到底是从哪里冒出来的呢？

孩子已经睡着了，我俯身亲了一下他的小脸蛋，闻到了奶香味和烟草味，让我陶醉，也让我愧疚。我在家不抽烟，更不会在抽烟喝酒后亲孩子，至少要在洗漱之后，但这一次不同于以往。我装作很自然的样子，告诉妻子说有个朋友那里有点事，我一会儿要开车过去一趟。我自己都没意识到我强调了"开车"，妻子说："你们难道不吃饭喝酒吗？就别开车去了吧。"我说："我回来吃饭，去了就回来。不喝酒。"

我把皮夹检查了一遍，把身份证和发工资的银行卡取出来放在抽屉里，皮夹里有一千多元现金，另外两张不经常用的卡里应该还有不到两万的现金。"就这么多了，"我在心里轻轻地说，"再多我也拿不出来了。"我取了车钥匙，把家门那串钥匙留下了，又多拿了两包烟，然后换了双球鞋出门了。

他还在楼下等我，我稍微心定了一些。事情已经这样，索性陪他走一遭，看看到底会发生什么可测不测之事。我反而担心如果我下楼发现他却不见了，那种悬而未决，那种随时都会再度冒出来的人和事，更是让我心生恐惧。

将车子发动之后，我问坐在副驾座的陌生人："我们接下来去什么地方?"他说:"我们去燕郊。你知道怎么走吧?"我虽然没有去过燕郊,但大体知道燕郊的方位,而且现在手机上可以导航,去哪里都很方便。这时他突然冒出一句:"你有车,手机也能导航,你为什么不加入滴滴呢?"我说:"平时都上班,再说,我也没有这么多时间。"他说:"是我对不起了,占用了你的时间。可是,我也实在是找不到别人帮我这个忙,只能凭运气撞上哪个是哪个了。"他的语气里透露着一丝"我的运气还不错"的自得,但若这样的话,我就只能哀叹自己为什么这么倒霉了。

沿着京塘路开了十来分钟,转上六环又开了十来分钟。车内的气氛略沉闷,我们两个人一时陷入了沉默,都找不到什么话来说。我递给他一包烟,让他随便抽。抽了一根烟,他好像有点放松下来。也许一直紧绷着的是我,开了一会儿车之后才不那么紧张了。

上了通燕高速之后,他明显开始亢奋起来,反复问我:"什么时候到燕郊?"给我的感觉是,离燕郊近一分,他就更亢奋一点。照这样发展下去,估计还没到燕郊,他就会推开车门跳下去,口里大喊着"燕郊,我来了"。或者会把我的车给拆了,像铁臂阿童木那样,冲破车顶,停在半空中俯瞰燕郊。我开始好奇他为什么要来燕郊,来燕郊干什么,因为他怎么看也不像是决意向喜欢的人表白,或者要大闹婚礼现场的人。如果是那样,他在言谈举止中肯定会有所流露挂相的。

我正在胡乱揣测，没想到他自己主动坦白了。他说："我这次来燕郊，是要把一个人给杀了。"我吓了一大跳，听他的口气，这个人在他心里无疑已经被杀死了好多遍，这次终于下定决心要付诸实施。我尽量保持镇定，假装看后视镜后面的车辆，用余光窥视他，但一点看不出来他身上藏了什么作案工具。也许是匕首，他放在了口袋里，或者贴身揣着。

到了燕郊地界之后，我问他接下来怎么走。因为导航的目的地是燕郊，燕郊也很大，如果不说具体的街道小区，不要说杀一个人，就是想要找到这个人也好比大海捞针。他好像也才意识到这是一个问题，于是打电话问一个朋友。我听到他在电话里向对方强调了好几遍，"让我找到他，他就是有九条命，我也要让他不活在这个世界上"。我暗自诧异，这么挑明了，难道不怕对方提前给那个人通风报信吗？我暗自祈祷，希望这个倒大霉的大难临头的人能及早脱身躲起来。

很快，对方把一个地址发了过来，他把手机举在手里给我看，以便我往我的手机导航里输入地址。我忍不住想，如果一会儿之后他真的杀死了那个人，我现在是不是已经构成了同谋罪。那是汉王路上的一个门面房，实际上是一个小卖部，但我还是不清楚小卖部里的谁是那个倒霉鬼，是站台的伙计呢还是店铺的老板，或者两个人就是同一个人。

他让我把车停在路边，他下车过去打伏击，看架势是一定要把那个人给杀了。一旦得手，他就会回到车上来，然后我再

95

开车带着他迅速逃逸。这就是他的打算，以确定有个人能在他得手后接应他，而不会将他晾在作案现场。他对出租车司机不是很放心。

如果他真的成了一个杀人犯，迎接我的结局会是什么呢？成为他的司机，被迫和他一起亡命天涯？还是逃窜到某个路段，被他掐死后弃尸路旁？在等他的时候，我起过念头想要撇开他开车离去，可是我又不敢，这种害怕就像来燕郊之前我不敢回绝他一样。他不仅知道我的家庭住址，也了解我的家庭情况，他能轻易找到我，也就绝对不会放过我。如果那样的话，不仅是我，我们全家人都可能变成他下一个目标。

我是一个胆小慎微的人，在这个世界上好人难寻，坏人却随处可见。当我碰到一个意图行凶的人，我既没有办法向潜在的受害者伸出援手，也完全没有办法自保。我只能受其胁迫，被卷入漩涡的底部。我也想过报警，可是我能说清楚事情的来龙去脉吗？我不知道这个陌生人是谁，他口口声声想要杀掉的那个家伙又是谁，不知道他们中间的恩怨情仇。如果我只是因为听说他要杀人就报警，估计警察会觉得我和他两个人的脑子都有问题。更何况在这件事上，我最担心的并不是"有人要杀人"，或者"有人将被杀"，也不是"我将遭遇什么"，而是"我的家人会遭遇什么"，对于我来说，即使我身上会发生不幸，也要比这种不幸发生在我的家人身上，更容易被我接受。我似乎也接受了这点。

如果有一个人能发挥作用，扭转局面，无疑是那个提供地址的朋友，他多少是一个知情者，和涉事双方看样子还都比较熟悉。他既然可以向杀手提供地址，自然也可以放出消息，让那个有可能被杀的人有所防备，以免被杀个措手不及。

　　我在车里暗自祈祷。

　　就在我胡思乱想的时候，那个陌生人回到车上来了，饥渴疲惫，沮丧失望，一望可知并没有得手。他潜藏在那里，等候了很久，可是他要等的人始终没有出现。他甚至去小卖部买了两瓶水，借机窥探和打听"那个人"在不在店里，不在店里的话又去了什么地方。结果他一无所获。《动物世界》里面狩猎失败的豹子返回自己的巢窝，也是这样的表情。他无精打采地坐到副驾上，没有忘记递给我一瓶水。他的那瓶水已经所剩无几，被他一只手捏着嘎吱嘎吱响。

　　"又被这个家伙捡了条命。"他说，恨恨的，心有不甘。我如释重负，我想他也是。杀人不是一件容易的事，有时候周密的准备反而很难如愿，一时兴起啥都不想却更能够得手。他在喘气，好像刚才经过了无声的激烈的持久的搏斗。我问他："接下来做什么，你还要去哪里吗？"他说："这个家伙非常狡猾，我们再等等。"

　　于是我们一起坐在车里等，我把车窗摇下来一点，点了一根烟，还没抽完，发现他斜躺在座位上已经睡着了，睡相有点狰狞，像刚刚辞世的人。他也许太累了，就像一个刚成为父亲的人一样累，虽然并不知道具体做了什么导致精神和身体如此乏累。很快，他开始打鼾，才打了几下，就被自己的鼾声惊醒了。他挣扎着坐直了身体，问我："现在几点了？"我告诉了他。他的失望似乎因为时间的不停流逝而突然放大了，说："看样子，他今天不会出现在这里了，我们等不到他了。"

非常奇怪，一开始他动不动说"我们"的时候，我是有点不快的。现在再听到"我们"这个词，感觉我和他多少有了点自己人的意思，至少"我们"差点杀死一个活生生的人，这种经历太匪夷所思了。

在回去的路上，我们没有再说什么话，好像除了去燕郊某个地方等某个人做某件事，对他而言是具体的不容置疑的，其他的所有事情他都完全置身于外了。

进入北京城，在一个路口等红灯的时候，他突然说他就在这里下车。我喜出望外，本来我以为他什么也不说，就是默认要跟我回到我所居住的小区。我不知道到了那里，接下来我该怎么办。我甚至已经做好打算，只要他说出一个具体的地址，就像之前的燕郊一样，我就会一直开车把他送到目的地，不管是开出北京，或者开到天津，或者开到石家庄，无论是中国的任何一个城市。我看着他打开车门下车，穿过车辆，一下子融入到过往的行人中不见了，好像随随便便就变成了路侧的一棵不起眼的绿化树。

他下车之后，我很不适应，惊觉自己连车子都不会开了，最明显的感觉是，由于他不再坐在副驾上，车子左右两侧有点失衡，老是往我这边倾斜过来，车头总是往左边侧，导致方向盘总是打偏，后面喇叭声响成一片。好不容易开到小区，我的衣服已经全部湿透了。他买给我的那瓶水还在车上，我犹豫了一下，还是决定返回去把水拿上，随手扔进了垃圾箱。

妻子根本不知道在我身上发生了什么事情，不知道我去了一趟燕郊，不知道我又毫发无损地回来了。我像大病一场的人转危为安，侥幸之余依然心有余悸，变得更加小心翼翼，害怕再来那么一下子，那样就全完蛋了。回到家里，儿子已经醒了，他现在视力有限，我得离他很近，他才能看见我。我把他抱在怀里，强烈体验到一种失而复得的感激和喜悦。我在心里不停地对他说："儿子啊儿子，你可知道你的老爸差点就再也见不到你了。"

一朝被蛇咬，十年怕井绳。此后差不多有半年时间，每当我下楼扔垃圾的时候，心理阴影面积很大，总会害怕那个陌生人再度出现。走到车边打开车门的时候，也会下意识地很紧张，像土拨鼠那样环顾一下四周。我一直关注燕郊的新闻，特别是重大刑事案件，一定会仔细翻阅，希望在此类案件中辨析出一些蛛丝马迹。

有一次我甚至独自一人又开车去了燕郊一趟，停在我当初停车的地方，透过车窗远远盯着那家小卖部看。小卖部似乎并没有受到过任何不幸的光顾，甚至连某种不快的骚扰的痕迹也没有，其间不时有人过来买东西，匆匆来往，和平常没什么两样。第二次来这里，我既没有看到狩猎者，也没有看到猎物，更没有看到一场事先张扬的谋杀案。对此我完全不抱任何希望，当然，我也没法解释我为什么会出现在这里。两次都是。有的时候，事情就是这么奇怪。

　　和上次不一样的是，这次我终于可以在车里播放我喜欢的歌，只是声音调得很小，我隐约有些不安，怕冒犯他，恍惚间我觉得他还坐在我旁边，除了疯狂的一闪而过的杀人念头，他身上再没有其他明显的标志或特征，能够让人记住他。

　　如你所知，我偶尔会有点怀念他，自从那次以后，他再也没有在这个世界上的任何地方出现过。不可否认，他上次那样出现的时候，确实吓了我一大跳。

北京一夜

在北京一个寒冷的冬夜，三个年轻人约了吃火锅，他们是同事，都在《历史·人物》杂志社工作。他们的关系并不要好，当然也不存在交恶，彼此打交道是因为工作关系，其他时间的无视则源于冷漠。除了平常的单位聚餐，这是他们三个人第一次坐在一起吃饭。原因嘛，很简单，是其中一个年轻人也就是甲，决定辞职，他来公司最晚，满打满算待了还不到一年，另外两个年轻人，乙和丙，在杂志社工作的时间都要更久一点，他们受主编的委托，想要尽力挽留住甲。主编是一个中年女性，比甲乙丙都要年长一些，但一向喜欢往清纯里打扮，看上去也就大不了几岁的样子。

甲是铁了心要辞职，为此女主编已经找他多次谈话，俱都无功而返；食君之禄忠君之事，乙和丙还想要再为主编努力争取一下，于是有了这次聚餐。乙和丙的关系显然更好，与此相对应，甲和乙以及甲和丙的关系就显得很一般，正好呼应了三个人的选座，把他们的座位连线起来，就像一个尖锐的等腰三角形。至少在甲看来，乙和丙这次组局的动机很可疑，而且他也早有打算，不管他们会说什么和怎么说，这注定将是他们作为同事的最后的晚餐。

这样的聚会显然是枯燥乏味的。由于甲要离职，态度又很坚决，三个人无法就工作内容展开热烈的讨论，大多数公司员工的聚会时间往往就是消耗在这上面的；唯一能勉强构成他们之间话题的，无外乎是北京这座城市和主编这个女人。为了让聊天不至于像火锅汤水一样冷却凝固，乙和丙努力寻找话题，他们提议轮流讲一些自己的小故事，比如以为什么来北京作为暖场，最后归结到女主编对他们是如何照顾，这是最后的高潮。就好像他们眼前的火锅，虽然不失为一锅浓稠的汤，但已然没有可吃的东西，再往里面添加一些各有所爱的萝卜白菜，也明显没有必要，还不如重新叫一个底锅或者去另外一个地方。

甲的北京之行乏善可陈，无非一个刚毕业的不知天高地厚的小年轻，为了所谓的理想和自由，最终冲破了父母的重重阻碍，毅然决然地孤身一人来到北京。他以为他能如何如何，现实非得和他的预期开点玩笑，甚至背道而驰，竟然让他有时没来由地怪罪到父亲头上，好像这些打击都是源于他父亲的意志，以便他能尽快打道回府。他的种种不顺，无非证明了父亲的忠告是正确的，虽然父亲一辈子都生活在一个小县城里，几乎没有在北上广这些大城市工作生活的一星半点的经验。如果他要证明父亲是错的，他就必须在北京混出点人样来。现实际遇却每况愈下，慢慢地他不得已调整了自己的策略，似乎只要他坚持留在北京，没有灰溜溜地拖着行李箱出现在父母面前，也能勉强证明他父亲是错的一样。这是荒诞的，但他除此之外却再没有其他的救命稻草可抓，他只能如此，即使这很可能也是压倒他的最后一根稻草。坚持就是胜利，他必须咬牙坚持。

既然如此，甲为什么还要辞职呢？乙和丙感到万分不解。在《历史·人物》杂志社上班，毕竟是一份稳定的工作，收入可观不说，约稿、编辑、排版这些流程熟悉了之后，闭着眼睛也能完成，朝九晚五的考勤实行起来并不严格，可供自由支配的时间充沛，甚至可以大量接私活，何况女主编对男性下属们都很好，关怀备至。在偌大的北京，找一份好工作难，找一个好领导更难，同时找到好工作和好领导，简直难上加难。

对此，甲只能无奈地报以苦笑。对甲来说，在杂志社工作是他梦寐以求的，即使是一份在走下坡路的历史类杂志，也让他欣喜若狂，决定好好干。只可惜他遇到了来自女主编的无端骚扰，还没法轻易对旁人说。女主编显然对他另眼相看，无论是出差在外，还是在公司办公室，抑或是在公司聚餐时，都会或多或少或明或暗地有所表示。他正值血气方刚，又不是木头人，怎么会感受不到，只是女主编无论年龄和相貌，实在和他的理想恋人相差甚远，加上女主编已婚，又是领导，他不能让这一点点意思变得完全没意思，只能从起初的不好意思，进而敷衍般的意思意思，没有想到女主编却觉得更有意思，太有意思了，因而采取了咄咄逼人的架势，让他难以招架，压力倍增。有一次，女主编公然撒娇，说是让他体验一下婚礼上背媳妇的习俗，要求他背她，虽然只是从公司到路边短短不足百米的距离，由于当着好几个同事的面，里面也包括乙和丙，甲很是尴尬，应承不是，拒绝也不是，只能任由女主编纵身跳上他的背。所有人都乐不可支，甲却面红耳赤，觉得受到了深深的嘲弄甚至是侮辱，他无法面对，又不堪其扰，只能选择逃离。

听到这里，乙和丙不禁哑然失笑，觉得甲真的还是太过年轻了。这无非是拥有一颗少女心的女主编关心下属的具体表现方式，完全不值得大惊小怪，他们两个也因为工作原因，曾被女主编在下班后留在办公室到很晚的时间，难道以此就能证明他们和女主编有过什么暧昧吗？

到了这时，甲意识到乙和丙两个人与女主编的关系非同一般，也许同时被假装天真烂漫的女主编给收编了。视线模糊处，他似乎看到了乙和丙与女主编衰老身体纠缠在一起的不堪入目的画面。这太恶心了，这些人太恶心了。他不会留下来，也绝不会加入到这个荒淫无耻的团体中去。

甲这种陡然而至的过激反应，让乙和丙都觉得很是莫名其妙。甲一直是一个奇怪的人，他的世界他们无法深入，就好像他们的世界他也完全不想涉足一样。他们眼见不能说动甲，又发现甲已经双眼发直，醉意将至，便及时结束了这场略显尴尬的酒局。

这个时候已经晚上十点多了，在寒冷冬夜围坐火炉讲故事的时间总是过得飞快。乙和丙反复询问甲还能不能自己打车回去，在得到肯定的答复后，他们方才联袂登上一辆经过的出租车。甲在餐馆门口看着车子绝尘远去，心想这两个狼狈为奸的人肯定是去向那个性欲旺盛的女主编汇报去了，说不定还会趁机寻欢作乐。他们包括甲自己都没有意识到，甲已经有八九分醉了。甲随后也打上了一辆出租车，随着一路颠簸摇晃，他的酒意大肆扩散，顿时变成了十二分，等到下车的时候，他已经忘了怎么回家，又或者，他在路边跟跟跄跄，深一脚浅一脚地走着，突然歪倒在地上，却还以为躺在了自己的床上，就此不省人事地沉沉睡去。殊不知，北方寒冬入夜之后的低温，每年都会夺去好些躺在路边醉鬼的生命。

一个深夜经过此地的女人看到了甲，远远的她就一直盯着这边，慢慢走过去了，还忍不住回头瞧，然后像下了很大决心似的，又折返了回来。甲已经醉得人事不知，她急切地摇晃着让他把眼睛张开，把他扶坐起来，但他转眼就要在她臂弯里睡去；她问他住在什么地方，他含含混混，像牙牙学语的婴儿重复着往外倒出一个小区的名字，但根本听不清楚。她想也许可以向经过的行人求救，但这个时候往来者寥寥，偶尔出现一个也不愿意停留下来。她既担心他的财物会被路过的坏人顺手牵羊，更担心如果任由他睡在路边可能就会冻出毛病，甚至是冻死，只能束手无策地守在一旁，就好像一个守着醉鬼丈夫的妻子那样，又慌张又可怜。

在甲略微恢复神智后，女人还是决定把甲扶到了自己的住处，附近小区内一个地下室。她无法坐视不管，弃甲于路旁而去。在等甲醒来的时候，她还煮了稀饭，知道醉酒后的人能喝进点粥，最是养胃。稀饭在电饭煲里细微地沸腾，伴随着甲打鼾的声响。甲醒来后，发现自己待在一个陌生的房间里，旁边是一个陌生的女人。他使劲回想，却一点想不起来自己怎么会置身此处，他只能记得他和两个前同事分手，后面种种完全想不起来。他一边喝着粥，一边听这个女人讲述如何把他捡回家的。

他是她捡回来的。他想，酒后思维疲惫，竟然觉得有点荒诞和不可思议，慢慢才意识到，如果不是这个女人向他伸出援手，他今晚肯定凶多吉少。他向她感谢救命之恩，她却很羞赧，觉得就算不是她，也会有别人搭救他的，毕竟谁也不会忍心看着一个活生生的年轻人就这样冻死在街头。

他们现在知道了两个人竟然是老乡，都是湖北仙桃的。她是一个苦命的女人，摊上了一个酗酒的丈夫，又有了一个上幼儿园的女儿。她的丈夫每次酒醉后都会下手完全不知轻重地打她，她纵然万分舍不得女儿，却还是硬起心肠逃离了出来，辗转来到北京做帮佣。她吃苦耐劳，也有一手好锅铲，在几户人家做钟点工，还在小饭店里做洗碗工，这也是她如此晚归碰巧遇上甲的原因。她这样解释，好像担心甲会把她想成那种女人。她唯一歉疚的是女儿，因此更想拼命为女儿多攒点钱以作补偿，那个酒鬼的家她是再也不愿意回去了。

晚上她遇到甲的时候，甲肯定酒气熏天，睡在路边像一堆快要僵硬的水泥。她有一个酒鬼丈夫，为什么还要对异乡一个陌生的酒鬼心生同情呢？她告诉甲，自己因为备受酒鬼丈夫的折磨和凌辱，还在仙桃那会儿就信了耶稣。耶稣教导她，要爱人如己。

看到甲精神恢复了些，女人才略带责备地问甲，为什么要喝这么多酒。甲告诉她，这几天他的心里烦躁得很，也许是父亲刚来北京看他又回去的缘故，也许是在脑海里盘旋了很久的辞职的想法，更有甚者是对未来的毫无把握让他陷入了无边的惶恐之中，他像很多北漂的年轻人一样，固执地以为，只要他不轻易打道回府，似乎他就能在京城打下一片天地，不过是时间迟早而已。

差不多三年前的暮春，他还是没能在故乡的小城待住，决意到北京闯荡。大学毕业后，他去一个家乡所在城市的政府单位上班，这份工作是父亲托了很多关系好不容易才落实的。由于高校不停扩招，毕业生多于过江之鲤，当年高考上榜的合家欢喜还历历在目呢，转瞬就被大学毕业后如何就业的困难重重给冲淡了。尽管如此，他的父亲还是想尽一切办法，为他找了一份还算体面的工作，对于父亲来说，儿子考上大学也好，毕业工作也罢，都是关乎家人颜面的事情，断不可掉以轻心。可惜大学四年的时光，并没有让他脚踏实地和长大成人，反而让他更加理想化和孩子气。工作了才几个月，他就受不了小城单位那种暮霭沉沉的做派，好像他是一块瓦砾，被投进了一座化粪池中，被污秽裹挟着一点点下沉。他想呼吸新鲜的自由的空气，他想过上没把握却更具挑战因而更加向往的生活，管它什么"哪里的粪坑都一样"呢？

　　毕业后的第一个春节，他向父亲摊牌，他要辞职，他要去大城市。父亲很不理解，也许还很伤心，知子莫若父，父亲知道他从小脾气就很偏，只是没想到他会偏到这个份儿上，完全是一副不懂事的做派。父亲自己从小没离开过县城一步，无从知道北上广的生活究竟怎样，不过父亲活了四十多年，生活的艰辛无需亲自尝试，一望可知，力劝自己的儿子放弃幼稚的想法，却激发了他更大的反抗。那段日子，父子之间势同水火，让整个家庭陷入巨大的不安。他想彻底解决这种局面，不愿意和父亲一直没完没了地争执，却谁也说服不了谁，谁也不理解谁，也不想看到母亲默坐一旁垂泪。他受够了，不想再和父亲作无谓的商量，而是自作主张从单位辞职，并且买了前往北京的车票。

　　此后一切如他所愿，他形单影只地来到北京，迷茫而迫切，但后续的发展却似乎更像是在父亲的意料之中。在前两年，他换了无数工作，在出版公司做枪手，"翻译"了《红与黑》和《包法利夫人》，甚至还冒充美国人，攒了一本《没有经验是你最大的优势》；在广告公司做策划，每天晚上无休止地进行所谓的头脑风暴，结果年纪轻轻就得了斑秃，让他在异性面前极其不自信；在新媒体公司做营销，为了博眼球蹭点击，挖空心思跟热点；好不容易找了一份自己喜欢的工作，却受到女老板的骚扰，无奈之下只能辞职。

　　他不知道自己为什么把这些都一股脑儿地说出来，他来北京快三年了，就好像自己在演绎真人版的《一千零一夜》，如果不把这些故事向一个陌生人倾诉出来，第二天他就会丧失继续生活下去的勇气，而不仅仅是离开北京这么简单。以前他从来没有这样的感受，就算是盲目乐观，他也从来不担心自己会在北京混不下去。直到年近半百的父亲借出差的名义来北京看望他。他不知道这个所谓的出差是不是父亲骗他的，看得出来父亲浑身上下都收拾一新，像是到亲戚家作客。父亲在北京的两日让他崩溃，他只是陪着父亲看了故宫，吃了全聚德烤鸭，用了几次优步打车软件，这就是他努力想要给父亲营造的他在北京的生活，却在父亲临别前的眼神中顿时黯然失色土崩瓦解。显然，父亲看穿了一切。如果这就是他向往的生活，那和祖辈早出晚归脸朝黄土背朝天的生活又有什么区别。还有女主编，他已经不确定她是不是逢场作戏，还是只是他自己的心生幻觉，来到北京后很多问题困扰着他，经济的、生活的、生理的，让他疲于应付。也许，他就是那个山鲁佐德，他的父亲也好，曾经的女上司也好，生活中他遇到的每一个人，甚至包括这个救他一命的陌生女人，都是国王山鲁亚尔，他需要为他们准备源源不断的故事，才能够在第二天天亮后还能保持住自我，不会被杀掉，或者变成另外一个人。

她默默地听着，像是在安慰他，站在他这一边，认为那个女主编是撒旦，女主编所做的一切，是为了引诱他，也是为了考验他。他做出了无疑是正确的选择。想想看，真可怕，一个女主编，有丈夫和女儿，却要诱惑涉世未深的年轻人，这么做是错误的，太不要脸。而他呢，真是可怜。

是的，他忍受着煎熬，像那个法国青年于连一样心中充满了风暴，不过是低级的可笑的那种静止的风暴，有时他对这种阴翳趋之若鹜，相当纵容并且极为享受，有时他不禁感到羞愧难当，恨不得自己最好没有在这个世界上出生，以便将这种丢人现眼连根弃除。

就像此刻，在地下室的逼仄中，在酒后的谵妄中，在一碗粥带来的血气中，他看着这个女人，心里竟然突然涌现出了不可抑制的欲望，曾经对女主编的让他引以为豪的冷静拒绝，好像突然转化成对身边这个女人的热烈冲动。她三十岁左右，比他年长不了几岁，说不上秀色可餐，但也不失丰腴，总之，她比女主编耐看多了，而且她还救了他的命，冥冥中把他从零下十几度的深夜冰窟带到了这个温暖的房间。他突然变身那个邪恶的唐璜，无耻而又大胆地问她，你来北京这几年，到底有没有过性生活……

天亮了，他从地下室中走出来，蓬头垢面，憔悴潦倒。她无声地跟在他后面。天色还早，路上行人很少，只有几处卖早点的摊位在张罗着，一缕缕热汽在扩散。又是一个严寒的早晨，太阳还没有出来，不知道会不会出太阳。他认出了这个地方，以前他来过这里，记得附近就是一个地铁站，里面有自动柜员机。他承诺要给她钱，她当时是拒绝的，但他坚持要给她钱，好像这样一来就心安很多，她也就像一个做错事情的孩子一样，亦步亦趋地跟着他。

在早晨的光线下，他得以很清楚地看到她，突然心中充满了懊恼。他没想到自己在酒后做出这样的举动，他真是一个可怜人。一个可怜的人。他把钱从机器里取出来，往她的手里一塞，然后头也不回地沿着楼梯跑下去，听到自己的脚步声在空旷的地铁站里追随着他。

她一个人站在那里，一直茫然不知所措。这样的景象在他的头脑里挥之不去，忍不住要落泪。昨天晚上她实在不应该把他救起的，他活该被冻死。他们本来毫无关系，也不会有交叉，然而他还是成了她的撒旦，恶心的，卑劣的，可耻的，忘恩负义的，一条毛毛虫。在这个世界上，被侮辱与被损害的人所在多有，他是最不值得言说的那一个。

辑三
秦淮河里的美人鱼

秦淮河里的美人鱼

木头和石头，一个男一个女，无论是在现实生活中，还是在虚拟的网络世界，他们之间不管发生不发生关系，发生什么样的关系，都再正常不过。

比如木头走在街上，看到突然起风了，就把衣服的领子竖起来，叹息道，哎呀呀，起风了，真是好伤感人也么哥，好伤感人也么哥。

这时候，石头很有可能也感受到了风，甚至她和木头的距离在方圆五十米之内。更形象直观的说法是，石头和木头相对而行，他们越走越近，越走越近。

这时候起风了，木头心里本来想的是，秋风起，黄叶落，可到了嘴边就变成了，秋风起……裙绽开。

石头穿了一件秋裙，那风来得正好，让她恰到好处地呈现出美人感，美感，自我感，好感，风尘感，孤独感，遗弃感，冷感，伤感，距离感，飘感。

石头"噔噔噔"几步就和木头错肩而过，她知道一个男的在垂涎她，她在乎她在乎的不在乎她不在乎的，她有必要知道这个木头却原来是想做一个伤感的人吗。

木头也许还会驻足停留，赠送给石头一个长长的回头率点数，心想，如果能有机会和这样的女人亲近，岂不是神仙了，那我会放过吗。

现在，风继续起着，并没有停息下来的意思。木头和石头，随着他们的行走，他们之间的距离扩大了，可以依次填得下如下词语：背靠背，一只脚，一个行人，一辆自行车，一辆小轿车，一辆公车，一幢大楼，一条街道，一个行政区，一个城市，一个国家，一颗星球，宇宙，宇宙的平方，三次方，n次方，n是一个无穷数。

其实我想说的是，男女之间，隔开他们的只是一个念头，最多也就是很多个念头。这个（些）念头膨胀开来就是宇宙，宇宙提供的陌生感和想象感；我们也期待它的盈缩，盈缩的极至就是他们相爱了。看似大喜，其实大悲，男女相爱，这是可能的事情。

男和女，他们应该相爱吧，可他们知道怎么相爱吗？用身体的一个部分还是整个的身体，用身体加上灵魂，空间加上时间，活着加上死去，我们有足够的能量来为相爱而燃烧吗？我燃烧了我，为的是照亮你的眼睛；你燃烧了你，只照亮了我的冷却。你迅速接近我，你也冷却了，但我感觉不到你。我们再感觉不到温热，都那么冷，冷，冷。

起风了，让我们继续木头的抒情：秋风起，黄叶落，大雁度假去了，我要添寒衣。仅此一念，冷意重生。好个冷呵。

人这么个冷法是不对的，人这么个冷法是和身体有关的，也许还和情感有关。

木头遥想当年，大冬天的，也就一外套、一衬衫而已，且外套是全敞的，衬衫是解开上两个纽扣的，外套的袖子是将上胳膊肘的，衬衫的袖口是卷起两道箍的。那时候也冷，但也就是冷啊，那时候年轻气盛，身体还能和冷相抗衡，现在怎么说不行就不行了，人字火焰微弱不说，好像还是冷火。真是内外交困，冷无可冷无须再冷了。

这是题外话。（如果你觉得有什么不好，你想怎么删就怎么删，这个小说就是写给你看的。）

还是回头说石头和木头。

石头和木头，一个男一个女，他们难道不应该有第二次相遇吗？他们还应该有第三次相遇，第四次，第五次。每次见过后他们仍然还是陌生人，这是可能的；但也有可能他们在某一次遇见后，突然走到了一起。他们走在一起，一开始还摆脱不了陌生人的拘谨，后来他们就走近了，走成近人了。他们没有走成亲人，而是走成近人，这是一件让人高兴的事情，他们像恋人那样走着，像发生了性关系之后的男女那样走着，走着走着两具身体就融合了。他们就这样走着，有的人说，他们在走向夫妻；也有的人说，他们走成了情人；还有的人说，他们没有彼此结婚也没有和另外的一男一女结婚，他们甚至没有过任何亲热的举动，他们就这样走成了孩子。他们在山坡上采花，唱山歌，扮家家，既是父母也是孩子，是兄妹，是爱人。他们走向了童话。

人的相遇就是这样充满偶然性，这个偶然性完全是用耐心等来的。

在现实中，木头完全可以通过耐心等来他的偶然性，等来他的石头，但实施起来可能工程浩大并且持久，不比在网上这般方便快捷。事实上，木头（网名，男性）和石头（网名，女性），就是通过名字和名字的反复相遇，名字和名字的反复问好，名字和名字的反复聊天，然后再通过名字和名字的走在一起，才有了想见一面的想法。也许，网上情缘就止步于一面之交。

谁知道他们往各自的网名里注入了多少真实的成分，撇开心照不宣的欲望和孤单不说，他们内心的真实想法是多么的游离和莫测。也许，他们就剩下欲望和孤单了。他们把烦躁和疲累撂在现实中，只身赴网，随身携带的也许就只能是欲望和孤单了。网络，给人创造了一个开放的语言宣泄的空间。多少人游荡在网络，很孤单很欲望的样子，很脆弱很需要温暖，有时候仅仅是一句话，在现实中沉重关闭的阀门就被轻而易举地打开了，就遇到知己了，就遇到天敌了，就许心了，就许身了。

偶然性带来多大的戏剧性。

戏剧性也许就是事与愿违。

在网上交往了一段时间之后，木头和石头决定是时候把交往延续伸展到现实生活中，他们见面了。

你知道有多少正当年的男女在生命的空闲时分去茶室，去酒店，去一个这样那样的场所，聊天或者聊天加干点别的。

这一次，木头和西瓜发展到了见面，他们选择在一间茶吧见面。木头本来想，如果西瓜和他想象差不离，就进包间。结果西瓜让他略感失望了。西瓜让他略感失望并不表示网络让他失望，否则木头和石头的故事就失去了可能性。他们坐在茶吧外间靠窗处喝酒，有一搭没一搭地聊天，很多时候在没话找话，一点不像网上的口无遮拦。现实的阳光照在西瓜的脸上，西瓜就成了苦瓜。这是一件有趣的事情。

在他们谈话的间隙，不时有一对对的男女，从里面包间的幽深处像两尾鱼游出来。

西瓜问，他们在里面会做些什么呢？

木头答，当然是喝茶了，聊天喝茶，午休时间嘛。

有时出来的男女都上年纪了，像是爷爷奶奶了。

西瓜说，看看，看看，这么大年纪竟然还有刚需。

木头反驳，你脑袋瓜子里都想些什么呢。

有的男女又非常低龄幼齿，年纪虽然小，发育的却很好。

西瓜说，这么小就学会啦，这个世界真是变了。

木头不同意。木头觉得虽然个人的幸福感越来越不真实可知，小而虚假，但这个世界却是往好里发展的。个人被忽略，这是大势所趋，既然个人被忽略，那么个人更应该关心的是自我，而非世界。一百年前的世界跟现在，现在和一百年后的世界，肯定变化很大，可是人的活法还是本质的，吃喝拉撒日，生老病死过。在这个层面上，世界是没有责任心的，个人承载了历史沉重的尸体。

还有的男女，像是公司老总和情人秘书，白发教授和大学女孩，机关干部和女实习生。他们有的是步行来的，有的骑自行车。他们出去时，有的出去拦一辆的士就走了，有的还要把停在路边的汽车发动起来。

每出来一对，西瓜就评论一番。木头不知道一个不起眼的小茶室里面到底有多少隔开的包间，很是吃惊。就算西瓜说的是对的，这些从包间出来的人都像刚亲热过一样：有的还沉浸在肉体的欢愉中，搂抱着出来；有的已经羞涩了，故意留下前后的差距；有的很茫然，好像方向感都辨不清，绕了几圈才走出门外；还有的好像突然惊醒过来，一下子冲出门去。

木头把眼光移到对面的西瓜身上。他一看她，她就假装用吸管喝啤酒。她知道他在打量她。西瓜年纪不大，但看上去很显老了。木头想想还是算了，他喜欢把年纪藏得很好的女人，这样的女人才是有味道的。

从茶吧出来，此时经过的行人又拿他们看别人的眼神来看他们。都是一样的，我们都是一样的，我们的身体是一样的，我们的想法是一样的，照耀我们的阳光是一样的，吹着我们的风是一样的，包围我们的喧嚣是一样的，我们的内分泌是一样的。一样的呵一样的。

西瓜说，木头你和网上给人的感觉一点都不一样，你人很好，很让人放心。木头觉得有点羞愧，但他没说西瓜和西瓜不一样的话，想象总是有差距的。他陪着西瓜走了一段路，后来在一个路口两人分手了，木头往南西瓜往东。木头觉得他刚才把西瓜又送回网络世界去了。他现在又能回想起在网上骚扰西瓜的那些话来了。

如果之前木头没有和其他女网友见面的经验，那他初见到石头，肯定会手足无措，肯定会像前面文本所演示的一样，如坐针毡地期待分别的那一刻。但现在不会了，哪怕石头从各方面看上去都差强人意。他像一个很有把握的人，他高兴地意识到石头也是一个有把握的人。他们一见面就很亲近，尽管有勉强的意味，说话像多年的老朋友。

关于即将到来的夜晚，木头一点也不急，虽然时间会很慢很慢地流逝。

木头和石头在大街上行走，那背影不就是很普通的在一起走着的一男一女吗。一男一女走在一起，我们总会留意他们之间的缝隙，他们之间的节奏和呼应，这是不断调和与改善的关系，会越来越舒服，越来越自然，然后再和其他会动不会动的事物相呼应，那时候他们是作为一个整体加入进来。我们知道他们是走在人群中，走在天空下，走在大地上，可他们并不和人群走在一起，他们是和人群分离的。他们清晰地感觉到他们两个人是走在一个其他什么也没有的环境里，他们有时候走得靠近一些，有时候离得远一些，他们不能走得更近，也不想离得太远。他们是心存欲望的人，是在白天等待夜晚的人。他们保持小心和耐心，他们不即不离，他们慢慢开始起飞。

你看着真舒服。木头说。

这句话你已经说了有一千遍啦。有没有新鲜的呀。石头说。

我很喜欢你。木头说。

这句话你也说太多遍了，一点不真诚。石头说。

之前在大街上，他们每说会儿话，就会适时插入这几句对白。现在在房间里，他们依然重复着这几句话。好像这几句话是一件道具，经过被反复使用，具有了特殊的表达力。他们不敢说别的，比如，他们的交往仅仅局限于网上，他们的陌生是真实的，他们的熟悉是虚幻的。还有，他们的孤单被他们见面的光亮掩盖了，他们的欲望却欲盖弥彰。

我们睡觉吧。木头说。

好啊，让我们睡觉吧。石头说。

房间里的灯被一一关掉，接着电视机也关掉了，窗帘那儿好像有层淡淡的光影，但其实没有。窗帘被拉上了。窗帘很厚，挡光，何况现在是晚上了。

不行。石头突然说，我们还没有结婚呢。

木头说，什么结婚？结婚和睡觉有什么关系啊。

只有结婚了，男人和女人才能睡在一起的啊。

不结婚也能。

不。我想跟你结婚了再睡在一起。我们结婚好不好？

好吧，那我们就结婚好了。

嗯，让我们结婚吧。我们先去民政局。你身份证带在身边了吗？

在包里呢。

你把它拿出来，我也把我的身份证拿出来。

可是民政局在哪呢？

就在这儿了，这张桌子，嗯，就当是民政局结婚登记处啦。我们把我们的身份证给他们看一下，就可以登记结婚啦。

你为什么把你的身份证反着放？

我身份证上的照片丑死啦。不给你看。不许抢和偷看。你也反着放吧。

现在好了吗？

好了。现在我们是合法夫妻了。喏，这是结婚证明，你拿一份，我也拿一份，丢了可不带补的，后悔死你。

这样就是合法夫妻啦，那你找老公不是很容易？

我不告诉你。反正便宜你白捡了个老婆。

那，老婆大人我们现在可以睡觉了吗？

还早着呢。我们还没有举行婚礼呢。

举行完婚礼就能洞房了吧。

举行完婚礼再说。

还要再说啊。

很快的。你结过婚没有？看你也不像结婚过的。我也没结过婚。你参加过婚礼吗？

我参加过好多次啦。

那你觉得结婚给你印象最深的是什么。

我觉得新郎和新娘给我的印象最深。新娘很漂亮。新郎很英俊。

自惭形秽了你？

也没有，我就是对自己当新郎很不自信。不知道自己做新郎是什么样。

你也很帅的呀。你看你旁边的新娘也很漂亮。

那是，新娘比新郎漂亮多了。

喜欢吗？

什么喜欢？

喜欢我当你的新娘吗？

喜欢。我更自惭形秽了。

我们现在就是新郎和新娘，我们现在在举行婚礼，我们等在酒店门口，好多朋友都来了，他们夸你说你今天真帅。

他们也夸你说新娘今天真漂亮。他们还说要把你抢走。

你要打败他们。要记住我可是你的妻子啊。结了婚，我就是你的妻子了，你要保护我，珍惜我，你要有个当丈夫的样。

我现在就来做个当丈夫的样。

不行，我们还在举行婚礼呢。

那现在该是什么节目了？

现在该入席了。司仪说，有请新郎新娘上台。我们现在就是站在台上了。他要我们向宾客介绍一下我们的相爱历程。

我叫木头。

我叫石头。

我们在 BBS 上认识，渐渐的互相有了好感，经过一段时间的网上交往，我特想和她在现实中生活在一起。

是他先表达的。他经常在网上骚扰我，胆子越来越大，胃口越来越大，脸皮也越来越厚。不对不对。哪有这样说自己丈夫的。让我想想，你想听什么样的？

我随便。

我认识他的时候，是在前年三月份，离现在快有两年了。不知道为什么，一见到他我就心慌，见不到他我就想念他。是那种发疯的想念。我知道他身边从来不缺少优秀的女人，我想我不能再这样坐等，那样他将永远不可能是我的。于是，我就想方设法接近他。我知道他是喜欢女人的，也知道他不会永远珍惜一个轻易就到手的女人。可是，我没有办法不把自己给他，即使这样我还是一点把握也没有，可是如果不这样做我就更没有把握了。有一段时间我们相处得很好，很温暖。我很容易就习惯他了，他很容易就让我习惯了他。太矫情啦，我说不下去了，再说下去，婚礼就进行不下去了，我会哭的。

婚礼就是这样的。司仪说的话就很矫情，好在他们基本都是扯开嗓门大声说的，他们的脸皮也够厚。如果声音不粗犷，参加婚礼的宾客我担心都会鸡皮疙瘩而死。

那我们就跳过这段，现在来交换戒指。

可是我们没有戒指。

我会折纸戒指。那边服务簿里有便笺。好了，折好啦，好看吗？

好看。

现在请新郎新娘交换戒指。哎呀，我们好像忘了行交拜礼。

戒指都戴上了，那就不交拜吧。我们可以采取西式婚礼吗？

这个主意挺好的。木头，你爱石头吗？

爱。

你愿意一生一世，无论贫富贵贱，做她的丈夫，照顾她吗？

我愿意。

我不知道后面怎么说了，反正意思就这样。现在该轮到你问我啦。

石头，你爱木头吗？

爱。

你愿意一生一世，无论贫富贵贱，做他的妻子，忠贞于他吗？

我愿意。

阿门，现在祝福你们，你们在主的面前结为夫妻。你们要保证婚姻的圣洁，做到不奸淫邻人的妻子和丈夫，只为对方生育孩子，阿门。

阿门。

好啦，现在我们来拉钩。

好吗。

拉钩上吊，一百年，谁反悔，是小狗。敬酒的时候，一般会怎么捉弄新郎新娘？

一般会让新郎抱着新娘，然后给一个站在椅子上的亲朋好友点烟。站在椅子上的人会尽量不让新娘顺利地把火点上，而起哄的人会尽量把新娘打火机的火苗吹灭。这个主要是整新郎的，新郎会很累。

那新郎不是很惨？

要想不累也很简单，提前做好准备就行了。

怎么准备？

找一个赵飞燕结婚；预先准备一个防风打火机；让新娘骑在自己的脖子上，那样就和站在椅子上的人差不多高了，再一伸手，就不用够着手去点烟了。

还好，我体型还好。

那我要抱抱你。

还有什么有趣的没有？

一般都很没趣，一场婚礼除了给新郎新娘留下一生一世的印象，跟其他人有什么关系呢？对了，有一次参加我一个同学的婚礼，有一个节目很好玩。

是蛮有意思的，我要你表演给我看。你今天可是新郎。

好吧，可是我们没有铜锅和铲子。

这好办。果盘可以当挂在胸前的锅子，铲子就用梳子代替，烟灰缸正好顶在头顶，你再爬上椅子，不就可以了吗？好啦，预备，开始。

镗。我今天结婚了。镗。我今天做老公了。镗。我今天洞房了。镗。我从今天起是大人了。

重来。你口中的"我"是什么人还没有讲出来，"我""我""我"的谁晓得是什么人结婚做大人了。

镗。我木头今天结婚了。镗。我木头今天做老公了。镗。我木头今天洞房了。镗。我木头从今天起是大人了。

重来一遍。你同什么人结婚了做什么人老公了，都没讲清爽。

镗。我木头今天跟石头结婚了。镗。我木头今天做石头老公了。镗。我木头今天和石头洞房了。镗。我木头从今天起是大人了。

哈哈。

现在我们该入洞房了吧。

嗯。今天我已经很累了，我要睡着啦我要睡着啦我真的要睡着啦。

喂，你就这样睡着啦，我怎么办啊。

你也睡觉啊。

可是我睡不着。我想抱着你睡。

不行，这样我会睡不着的。

那我们就不睡好了。

不行。我真的困死了，刚才我已经很累啦。结婚结得很累啦。

不会吧，结婚还会结累啊，应该很亢奋才是。你是新娘子啊。新娘子新，两个奶奶十八斤。

不准乱动。要听话。

我一点都不想听话，怎么办？

那你去洗手间。

我不去。

嗯，你说个故事给我听吧，听着听着我就睡着啦。

那好，我就给你说个故事听吧。从前啊……

从前，在中国的古代，一个小乡村里，住着一个勤劳善良的年轻农民，他是一个孤儿，没有人照顾他，为他洗衣做饭。所有的事情都要他自己来,日子过的很辛苦。他父母离世的早,什么也没有为他留下,周围有姑娘的人家虽然知道小伙子是个好人,但谁也不想把姑娘嫁给他,就是因为他穷,怕姑娘跟了他后会受苦,而宁愿把姑娘嫁给有点资产的人品虽不如这个小伙子但也说的过去的人。小伙子太善良了,很多人跟他在一起都会有压力,都疏远了他,渐渐的,原来还是一个小村子的地方,就只剩下小伙子一个人住了,别人都迁走了,在别处一个新的小乡村出现了。有一天,小伙子田间干活回来的路上,捡到一个又大又美丽的田螺。他觉得很好看,就带回自己家里,养在自家的大水缸里。小伙子不知道这其实是个田螺精。石头,你睡着了吗?我睡着啦。骗人,睡着了还会应话啊。我马上就要睡着啦。你的田螺姑娘的故事怎么听着像你自己的版本啊。嗯,那是个田螺精。她知道小伙子是个好人,就来可怜他,帮助他,趁小伙子去地里干活的时候就幻化成一个姑娘,帮他洗衣做饭,打扫房间。等小伙子快要回来了,田螺姑娘就又变回去,又住回田螺里面。小伙子觉得奇了怪了,怎么突然有人帮他不声不响的就把饭也煮了,衣也洗了呢。下意识里,他希望这是个女人。他是想跟一个女人生活在一起的,然后再生儿育女。

石头。石头。(木头把手指伸到石头脸的上方,摇了摇;

然后用手指探石头的呼吸，石头的呼吸平稳；木头摸了下石头的乳房，石头就醒了，使劲掰住木头的手，两人的手抓在一起，放置在两具身体中间。）

　　他一个人住的时间久了，肯定有失落感，表现在他晚上觉少了，心思多了。他想繁衍子孙，一个大家族住在一起，蔚然如大树，形成一个同姓大村，那是一件多么让人激动的事情。现在，他开始把注意力集中在家里发生的奇怪的事情上。有一天他提前从田头回来了。远远的，他看到他自己的小破房子的烟囱在冒着烟，等他推开门的时候，他听到"咕咚"一声，好像是谁往水缸里扔了块瓦片，他来得迟了，只看到缸里的水面涟漪渐渐平息。他觉得这是声东击西，做好事的人故意把他引到水缸处，本人却从另一个方向跑了。他又走到屋外，极力远眺，希望能看到可疑的人影。可是没有发现，他多少有点闷闷不乐地回到屋里，一切跟以前一样，饭菜做好了，衣服也以洗好晾挂。小伙子想，下次一定要把那个人找出来，好好言谢一番。第二天，他更早回到家里，可是，并没有人为他做饭洗衣；第三天，他就躲在屋子里，等候做好事的人出现，却没有等到。也许，那个人根本不想暴露自己的身份，受惊了一次，就不想再来了。小伙子怅然若失。这样，他又要自己打点一切了。加上琢磨神秘人物，小伙子开始为伊消得人憔悴了。更关键的是，小伙子自己做的饭菜根本比不上那人做的饭菜，小伙子吃了几顿别人做的饭菜，自己做的饭菜就难以下咽了。俗话说，人靠饭养，靠睡补，小伙子吃饭不香，晚上失眠，身体不几日就精瘦精瘦的。躲在水缸里的田螺，看在眼里，急在心里，暗想这不成了自己害了一个善良小伙吗。实在按捺不住了，田螺姑娘就又从壳里面钻出来，为小伙子洗衣做饭。小伙子人虽在田里干活，却心系家中。干一会儿活就要往家的方位眺望一下。看到自家烟囱又冒烟了，晓得神秘人又出现了。

石头，你睡着了，我的故事还要不要说下去呢。嗯，还是说完它吧。

于是他就扔下农具往家里跑，急着要把恩人认出来，直接闯到了灶头间。当然这次也没有逮住人，田螺姑娘又钻回壳里去了，可没来得及回到水缸里。小伙子没有找到人，只看到田螺待在水缸外面，地面泼了一些水。小伙子想也许是那人把田螺从水缸捞出来的。小伙子把田螺托在掌心，问田螺：田螺啊田螺，你肯定看到那人长什么样了，你要是能告诉我他是谁就好了，你说他还会再来吗？田螺啊田螺，我把你再放回大水缸里。由于小伙子回来得太早，田螺姑娘措手不及，结果饭是烧焦的，菜也是半生不熟的，但小伙子还是吃得胃口大开，笑眯眯的。因为这次的差点露出破绽，田螺姑娘又有好几次不敢变幻。小伙子有了上两次经验，知道那人还会出现的，自己所要做的就是不能惊动他，才能有机会把人认出来。于是，再一次看到烟囱冒烟，小伙子并没有急着回去，他硬是等到吃饭时间才回去，田螺姑娘有足够的时间变回去，小伙子回来当然没有看见她。连着几次，小伙子都不管不问，吃煮好的饭菜，穿洗晒干净的衣服，其实小伙子心里早打算好了，就想让对方放松警惕，好一下子碰个正着。有一天，他带上工具去田里，半路就蛇行鼠伏地潜行回来，躲在墙壁旮旯头，大气也不出一声，就等着对方出现。不一会儿，果然一个女的出现了，还那么漂亮，洗衣做饭，驾轻就熟，看来就是她了。小伙子看到姑娘就喜欢上了，本来他是打算看到人就出来和人相见道谢，现在他改变主意了，对方既然是一个妙龄少女，人又这么好心，又这么能干，他就想知道她到底是哪个村哪家人家的，他想讨她做老婆啦。小伙子就一直偷偷地看着，并不出来，想等姑娘回去的时候尾随她。他一点也没想到这个姑娘是一个精怪，当他目送姑娘"呼"的一声跳进田螺，顿时吓住了，好半天才能站起来，没有进家门吃饭，就又回田里去了。他没想到他捡回来的竟然是一个田螺精，他不知道接下来他该怎么办。

石头，你说，他该怎么办啊？这是他从来没遇到的情况啊。

晚上他坚持着回到家里，不敢太靠近水缸，可过了一会儿，他还是过去了，看到自己映照在水面的脸孔，水底附在缸沿的田螺。他把田螺取出来，水顺着他的手臂滴到地上，他把田螺托在手掌，他问田螺：田螺啊田螺，你看到那人又出现了吗？我该怎么对她呢。有一阵子，他要控制自己的恐惧，想把田螺甩到墙上，砸她个稀巴烂。可白天看到的美人又浮现出来了，他把田螺贴在胸口，难过得要哭起来，可他还是打定主意，哪怕就是精怪，他也要和她生活在一起。接下来的时间，小伙子就在想方设法怎么能把美丽的田螺姑娘留在自己身边。他躲在暗处，看到田螺姑娘从田螺里跳出来，家务做完后，又跳进田螺中。看了很多次，小伙子就有了主意，他想我只要让她回不去不就成了吗。牛郎就是抱走了织女的衣服，延误了织女返回天宫的时间，才能和织女喜结良缘的。于是，趁田螺姑娘跳出田螺壳还没有来得及回去的时候，小伙子一下子扑住田螺壳，死死地用两只手掌捂住。放我回去吧。田螺姑娘哀求。可是你回去了就不会再来了。小伙子说，就再也没有人关心我，为我洗衣做饭了。可是我不是你们人间的人啊，我住在田螺里，而你们住在房子里。田螺姑娘说，我们不是一个世界的人。可是我一个人住的时间太长了，我的生活空间不就像个田螺壳吗，我想有个人陪伴我。小伙子说。可我是个精怪，你不害怕我吗？田螺姑娘说。是的，刚开始的时候我吓坏了。可你也是个女人。作为一个女人你对我的诱惑力大过了你作为精怪的恐怖，而且，只要我不让你接触这个田螺，你就永远只能是一个女人而不是精怪。小伙子说，我需要一个女人，为我洗衣做饭和生孩子。那好吧，你会得到一个女人的，她会做任何女人都能做的事情，但请你答应我，不要毁了我的田螺，它是我的自由。田螺姑娘说。我不会毁了她，但在我有生之年你也不会得到它。我知道你会想方设法偷走它，然后你就会离开我，甚至你会报复我。小伙子说。我不会的，我们精灵和你们人类不一样，你们有太多的需要，而我们看重的只是自由。你答应我到你死的时候把我的自由还给我就行了。田螺姑娘说。你会偷走它的，你会从我身边偷走你的自由。除非你给我生儿育女，你才会有所留恋，心才会有所软化。小伙子说。可是我不知道怎样才能为你生儿育女？田螺姑娘说。很简单，你和我睡在一起就行了。小伙子说，对这件事我有把握。可是，我从来只睡在田螺里，人类的床我还没睡过呢？田螺姑娘说。很简单，我想睡哪里都是一样的，但关键是我们要睡在一起。小伙子说。现在就要睡在一起吗？田螺姑娘问。不，按照我们的传统，我们在睡在一起之前先要举行婚礼。小伙子说。你的意思是让我和你结婚吗？田螺姑娘问。是的，我要你和我结婚，然后我们才能生活在一起。小伙子说。可什么是结婚呢？田螺姑娘问。结婚就是要先通过政府的民事部门批准，然后举行婚礼，闹洞房，吃很多东西，喝很多酒，接受很多的祝福。小伙子说。可是我和你不是一个世界的人，我没有和你一样的身份证，我们就不可能领到证的，那我们就不就是不能睡在一起了吗？那倒是一个问题。小伙子说，也许，我们注定不能睡在一起，不能结婚，所以也就不可能生育孩子。

石头。我的故事完啦。石头，我也困啦，不知道明天醒来后我还能不能见到你，你还在不在……

木头早晨醒过来的时候，石头已经不在了，枕头上留了她的几根长发，被子里有她的气息，茶几上有她留给他的一张便笺（是把纸戒指拆开后，有清晰的折痕）：

亲爱的
早餐就在桌上
牛奶我喝了一半
香蕉和面包片

你记得全吃掉

要不然会饿的

我去上班了

你睡得熟

我就没有叫醒你

我已经通知服务员

11 点半来整理房间

你可以多睡会儿

中午饭自己解决

下午出去转转

熟悉一下这个城市

晚上我们再回到这里

我们的 2046

田螺壳

自由

你的新娘

石头姑娘

木头并没有多睡，他走出房间，在城市里信步。

木头在考虑今天晚上还要不要回那个房间，如果他去了，那注定将是个谎言，如果他不去，那就是一个没有兑现的承诺。木头走在秦淮河畔。秦淮河畔有一个老人，不时弯腰向河里用手里的网兜打捞着什么。曾经著名的秦淮河，现在已是一条臭水沟，除了垃圾还会有什么呢？木头觉得奇怪，就过去问那老人：大爷，您在捞什么呢？老人回答：我在捞美人鱼。木头哑然失笑：这个世界怎么会有美人鱼呢？老人说：我也不知道。我已经在河里捞了四十年啦，都没有捞到。

离婚的故事

一

　　小蔡是我大学时的男友，我们分手已经很久，偶有联系，不过是嘘寒问暖。有天晚上，小蔡突然心血来潮，问我想不想看一张照片。语气怪怪的。收到这条语音短信时，我正在敷面膜。好几年前小蔡也会发一些照片给我，以此表达他那肉眼可见的爱。当时我并不反感，当然也不愿助长这种无聊举动，因为小蔡的自拍技术实在难以恭维，另外他如果想我，想要我，最好的方式莫过于本人立即马上出现，就像玩"我数到3的游戏"。现在我倒是错愕不及，没想到小蔡年纪已然老大不小，都变成中蔡、老蔡了，多年前的方法居然还在使用，估计是在搭讪新认识的姑娘，却误发给了我。这么寻思着，我马上用拇指摁下一段文字："小蔡啊小蔡，你都是一颗石笋了，就不要再扮清纯可爱。再说你又不是没在我面前脱光过，我又不是不知道你长什么×样。"小蔡赶紧撇清自己，透着一丝委屈，像几年前的声音余音缭绕到了现在。你放心，不是我，照片上的人，你也认识。他这么一解释，我心里更不爽了，把手机扔到一旁，再也不想理他。我认识怎么了？我认识的人难道我都会好奇于他们的这种照那种照吗？真是莫名其妙。

生气归生气，却不会持久。小蔡就是这样的人，糊里糊涂的，说起来我们分手也和短信有关。几年前的一个传统节日，小蔡居然给我发了一条贺节的群发短信，内容编排得好坏暂且不论，所彰显的没心没肺却让我忍无可忍，他难道就不能长点心吗？两人为此大吵一架，一拍两散。分手后我们还不时见面，或者是小蔡主动约我，或者是我主动约小蔡。感觉我们都是属狗的，有一副狗鼻子，能嗅出对方是不是单身。按照小蔡的说法，是买卖不成人情在。恋人毕竟只比夫妻差一步，不好说断就断，显得太过无情无义。即使冤家仇人，也能化敌为友不是？我们终究相处过一段时间，既然无法做到长期的关怀备至，偶尔互相关心一下，无论是从精神到身体，就算于事无补，却也无伤大雅。等到小蔡去了上海，我们的联系才逐渐稀少，但也没有断绝。也许是南京和上海的距离放在这里，远水解不了近渴，我们都无意舍近求远。在前男女友和未来的丈夫妻子之间，两个人即使还保留着一线希望，彼此也心知肚明不过是聊胜于无。在这一点上，倒显得很公平公正，男女无欺。另一个原因是上海有米娅和秦川。

照片上的人物秦川，是小蔡的大学同学，也是我同窗共读了一年的高三同学，同时还是米娅的丈夫，而米娅不仅是我高中三年的老同学，更是我的闺蜜。也许正是考虑到上述原因，小蔡才会想到把秦川的不雅照发给我，而不是直接发给米娅，显然认为我是提醒米娅的最合适人选。

如果丈夫在外面胡作非为，甚至被人拍下照片在朋友圈击鼓传花般广为流传，如何让蒙在鼓里的妻子知晓，这对于所有同时认识夫妻俩的外人来说，都是棘手的难题。交浅者不可言深，爱笃者难以轻言。即使当事者可以继续装作若无其事，知情的同情者也难免会有吃了满嘴苍蝇的感觉。把秦川需要打上马赛克的照片发给前女友，肯定让小蔡倍感压力，于是他又仿用群发的口气，假装不小心错发给了我。好像他发的是陈某希的花边新闻。如此甘冒不韪，显然做好了我可能会因此和他彻底绝交的准备。

其实这些年来，我的性格也变了一些，只是小蔡不知道。

倒是秦川看来有大麻烦了。他居然在量贩式KTV包厢里做出惊人之举，褪下裤子并公然亮出胯下之物。这个蠢货，他显然是醉了，不然不会无耻到毫无顾忌的地步。在KTV、酒吧和夜店等聚会场所中，发乎情或许寻常，看对眼的男男女女实在控制不住了，也会在僻静处比如反锁的卫生间里做些勾当，却没有人胆敢如此旁若无人，不止于礼，不事遮掩，似乎茫茫天地之间只存在和维系着两性这一种关系。像艳阳高照，如明月低悬。事发突然，和他一起唱歌的人在惊慌之余必定四散逃窜，就像躲避城门失火的池鱼，独留下他形单影只，撑满镜头，似乎依旧在奋力地追逐，在扯破喉咙地呐喊。尽管他身形停滞，也没有声音传出，但谁都无法做到视而不见听而不闻。

几年前，当米娅和秦川初试云雨情时，她会向我闪闪烁烁地提及过程，没有惊喜，也不是满足，而是一种不过如此的恍然大悟。当我和小蔡也终于迈过这道坎时，我才知道秦川事后曾向小蔡大事渲染和炫耀。也许，男生和女生虽然被天造地设得可以结合，但却是完全不同的两个物种，至少在羞耻感上相差巨大。

男人这种生物，大抵都会炫耀他们的性经历、性伴侣和性能力吧。即使在受孕和生育上，他们也很少顾及到女人的感受。贪欢娱多，而承担责任少，不知道他们为什么会有一副舍我其谁的沾沾自喜感，真应该把他们这种虚伪、膨胀的面目彻底揭开。

我的一腔怒火腾腾上窜，脸上涂着的海藻泥面膜瞬间皲裂，连爆了好几句南京别有地方风味的粗口。秦川怎么能如此对待米娅！要知道，米娅不仅嫁给了他，为他生下儿子，他们在上海的一切也都是米娅一手置办下来的，包括房子、车子的首付和按揭，还有米其林的教育，以及三口之家的日常生活开支。秦川什么都不管不顾，活脱脱像米娅的另一个儿子。

米娅啊米娅，你确实不该把秦川当儿子一样养着。

我强压怒火与恶心，追问这张照片究竟是怎么回事。小蔡不幸成了替罪羔羊，似乎他才是这一荒唐事件背后的罪魁祸首。为了洗清嫌疑，小蔡竹筒倒豆子般把他所知道的一切全告诉了我，临了如释重负，又因为把压力转嫁给我而心生愧疚。

原来，秦川所在的广告公司新来了一位女职员周绮，在美国留学多年，身材火辣不说，生活作风还异常开放，更是公司大老板的胞妹。秦川大献殷勤，几乎每晚都召集一帮人聚会，吃大餐，泡酒吧，去夜店，夜夜笙歌，流连忘返。秦川醉翁之意不在酒，与会者都心知肚明。周绮也不点破，只是借机把他耍得团团转。照片就是他们在 K 歌时拍的。几个红男绿女，在一片灯暗影乱中，几番对唱燃情，几杯烈酒助兴，烟雾愈加缭绕，射光倍添曳摇，骰子骨碌转动，酒瓶欲倒不倒，这边莺莺燕燕，那边鬼哭狼嚎。周绮从秦川的半搂半抱中抽身出来，笑吟吟地将了他一军，既然你说喜欢我，那就证明给我看。在水晶池和夜光杯的掩映中，秦川的那张脸飞快地涨成了猪肝色。

小蔡没有参加那天的聚会，但他几乎在第一时间看到了照片，并知晓了整个事情的来龙去脉。照片在上海广告圈中以不可思议的速度流转着，秦川酒醉后毫不掩饰的欲望，反而激发了其他人疯狂转发的热情。似乎这不仅仅是一幅照片，也不仅仅是一个人。KTV 包厢特有的声色、光线和氛围，相融交织在一起，显得暧昧、混乱和疯狂。照片中的秦川像是受到了深度催眠，被看不见的情欲左右着，固定为一面大张的旗帜。

你准备怎么跟米娅说？说完照片后面的隐情，小蔡忍不住问我。他和我一样，首先想到的都是那对夫妻，无耻之尤的秦川，以及无辜至极的米娅。是啊，我该怎么说呢？近几年来，米娅经常给我发照片，以他们的儿子米其林单人的居多，米娅和米其林的其次，秦川和米其林的再其次，一家三口的很少，夫妻两人的几乎没有。我通过这种方式目睹了米其林的成长，从在襁褓中到蹒跚学步，再到入托上幼儿园。我以为夫妻二人不过是把所有精力都倾注到了孩子身上，这种情况再正常不过。却很少发自己的照片给米娅，更没有想过有朝一日会收到一张秦川如此不堪入目的照片。事已至此，我该怎么跟米娅说呢？

我决定立刻坐火车前往上海。有些事情当面说比较稳妥，至少我还可以陪着米娅，安慰也好，看护也罢，以防止米娅一时冲动做出什么傻事，那就太不值当了。如果米娅想和秦川离婚，我肯定不会伸手拦着。什么"宁拆十座庙，不毁一桩婚"，那都是过时的老皇历了。就我个人的观点，和结婚相比，离婚其实真不是什么大不了的事。至少在我的父母看来，只有结婚之后才轮到考虑离不离婚，女儿不结婚显然更让他们头疼，离婚反而能快刀斩乱麻解决一篓子麻烦。前者说的是我，后者说的是我的姐姐。

二

从南京前往上海的一路上，我的脑子里回想更多的居然是姐姐林春禾婚后与离婚后的生活，以为这些在我面对米娅时多少能派得上一点用场。但林春禾与米娅是不同的，即使我站在个人的立场上经常把她们视作另外一个自己，她们也难以混为一谈。也许我希望的不过是我能像信任米娅一样对待并依赖林春禾，林春禾能像米娅一样和我结成坚定的同盟，以对抗我们共同的父亲。令我失望的是，林春禾却越来越像我们的父亲，让我越来越感到独木难支，大势已去。

我在火车上坐着发愣，心里琢磨着几个小时后该如何让米娅了解秦川的荒唐一幕。

成年人一旦行事完全失去分寸，还真是教旁人难以启齿。秦川十有八九是遭人捉弄算计，但怨不得别人歹毒，他是活该，我连同情他都觉得是浪费。但凡他平时知检点些，不过于追逐声色犬马，也不会落得这般下场。可是话说回来，作为妻子，米娅不可能毫不知情，那她为什么从来不向我这个闺中好姐妹透露分毫呢？难道我已经不是她最信任的人？小蔡发照片给我固然出乎意料，我这样去找米娅其实也很冒失。如果他们的婚姻确实出现了状况，早晚会有纸包不住火的那一天，我为什么要急于捅破这层窗户纸，好像巴不得他们夫妻散伙一样？我为什么不能保持沉默？即使小蔡说清楚了KTV里发生的一切，我也完全可以假装什么都不知道。即使我很快就会和他们一家三口坐在一起，难道不可以只是提及姐姐林春禾离婚的事情吗？用淡然的语气很自然地说出这一变故，米娅，你知道么，我的姐姐离婚了？为什么？春禾姐怎么突然离婚了？米娅一定会很吃惊。这时我便可以趁机说，这件事说来话长……

我不时默默拿起手机，又不知不觉放回茶几上，好像手机是一声又一声叹气。手机里那张照片成了我的烦恼之源，尤其是念及必须要让米娅看到它，以尽到好姐妹的责任，我就焦躁起来，觉得手机格外烫手。如果是自己的男友爆出这样的丑闻，我反倒不会左思右想这么多，一脚蹬掉他便是，一了百了。

我的对面坐着一对母女，小女孩五六岁，天真烂漫，活泼好动。一开始对着窗外奶声奶气地背唱儿歌，很快便对自己的声音和表演失去了兴趣，转而盯着我的手机看。也许是我频繁地拿起又放下，手机动态引发了她像青蛙一样的注意力，进而产生了捕捉的冲动。我担心小女孩拿到手机后会翻出秦川的照片，这对这一代孩子不是难事，他们对电子产品都是无师自通，那样就太尴尬了，于是也盯紧着小女孩的行动，每一次在小女孩伸手前都抢先把桌面上的手机攥回手中。这无疑增加了小女孩的兴趣，误以为我是在和她玩游戏，竟然从座位直接滑落到地面，伸着手朝我迈步过来，却被她的母亲近乎粗暴地揽住了。小女孩挣扎不脱，咧开嘴要哭。年轻的母亲不为所动，喝道，火车上不准哭。妈妈跟你说过的你都忘了吗？赶紧把哭声给我憋回去。声音虽低，不失严厉。小女孩的嘴巴慢慢合拢，一只眼睛还在看着我，另一只眼睛却小心翼翼地瞄向她妈妈，流露出孩子式的执着和狡黠。两行眼泪终究还是收势不住，无声地滑落下来。她的母亲放缓了语气，妈妈跟你说多少遍了，不能乱拿别人的东西。说着转身在包里寻找纸巾，要给她擦拭眼泪。小女孩两只漆黑溜圆的眼珠动也不动，长长的睫毛上还挑着细碎的泪珠，真是楚楚可怜。

如果米娅在，她估计会把小女孩抱在怀里心疼半天。我心里有点过意不去，从包里掏出一块巧克力，递给小女孩，阿姨给你巧克力吃好不好？小女孩一会儿盯着我左手上的手机，一会儿看向我右手捏着的巧克力，两个眼珠滴溜溜转，一时间拿不定主意，又求助地看向她的妈妈。她的母亲轻声说，快谢谢阿姨。小女孩这才乖巧地接过巧克力，暂时忘记了我的手机。小女孩的母亲对我笑了一下，问道，你是去上海吗？我点点头。年轻的母亲继续说，我们也去上海。她的爸爸去年刚因为工作借调过去，平时周末回家。他忙得抽不开身的时候，我们偶尔也过去看他。我看她年龄在三十岁左右，第一反应居然是她怎么不担心丈夫一人在外面会管不住自己，说出来的却是，孩子这么小，你一个人带很辛苦吧，怎么愿意让他去上海的？她说，也是没办法。我们之间有分工，一个人在家带孩子，一个人在外面工作挣钱。等到孩子上了小学，就会好一些。他的压力不用那么大，到时我也可以出来工作，多少能替他分担一些。听到这里，我难免有些好奇，问道，你在家带孩子这么多年，再出来找工作会不会觉得不适应？她笑了，有些骄傲地说，这几年在家带孩子，我也做些兼职。只要不用去公司坐班，很多活儿我都能做。外文翻译、文字编辑、策划文案等。我还给别人代写过毕业论文。我很吃惊，按照这个年轻妈妈的能力，肯定受过不错的教育，想找一份好工作并不难，为什么要专门辞职在家带孩子呢？她似乎看出了我的疑惑，解释说，孩子刚生下来的时候，身体不太好，我不放心交给别人带。我赶紧说，妈妈带自己的孩子，肯定是最贴心的。说实话，我不太愿意在这样的问题上展开交流，既担心自己在安慰时陷入词穷状态，也害怕脸上会露出不自然的表情，显得我很不通人情世故。小女孩似懂非懂地听着我们说话，她的母亲把她搂在怀里，说，我们做所有的事，都是为了孩子，吃再多苦也是愿意的。说完，她有意无意地看了我一眼，我觉得她把"你有孩子吗？"这句话硬生生咽了回去，替换成了"你是做什么的？"于是回答说，我是一个插花师。她听岔了，以为我说的是"插画师"，觉得会画画是一种特别的技能，她很羡慕，羡慕之情溢于言表。我没有去纠正她。大学毕业后，我换过很多工作，开过女装店、影楼、画廊、私家厨房，现在是在老师的工作室里做花艺。也许有一天，我对花花草草也生厌了，又会另换一种活法。这是肯定的。

三

1997 年，我第一次参加高考，因为成绩不理想，我的父亲大失所望，母亲也跟着唉声叹气，让我怀疑自己的一辈子就此被他们一眼望到了底。开学时，我谢绝了姐姐林春禾准备请假陪我去报到的美意，她那时已经读大四，辞别父母，冒着南方酷烈的秋老虎天气，独自前往那所地处偏僻的省内专科学校。

　　迎接新生的小中巴车在年久失修的公路上抖抖索索开了很久，让我一度产生错觉，以为自己正坐着长途客车去看望住在邻省乡下的爷爷。从我孩提时记事起，父母每年都要去劝爷爷搬来同住，有时会带上两个孙女作为说客，爷爷却不为所动，就像老家门前空地上的一截老树桩，以供儿子一家每次回去时短暂盘桓于上。如果我上午提着行李箱离开，下午便拖着行李箱返回，经过短暂的旅行后箱子的重量毫无增减，岂不是像父母去爷爷家一样无功而返？在为我准备行李时，我的母亲恨不能把我房间里的一切都塞进箱子里，从头到脚是一身，春夏秋冬是一年，一只箱子不够，就用两只、三只。我在旁边看着，越来越不耐烦，心想，又不是高中，大学里什么没有呢？我的父亲仿佛看透我的心思，及时制止住母亲，递给我一张卡，和三年前林春禾领到的一模一样，同一个银行的开户行，同样的数额，除了卡号和持卡人姓名略有变化。这种机械性的一视同仁，为什么会让我觉得倍受打击呢？要知道林春禾上大学时冰激凌才两元一个，三年后已经是五元。当年我的父亲使用BP机，别在腰间皮带上，交固定的月租费，现在父亲拿的是九五砖一般的大哥大，和家里人说话时也挥着，如同长在了手上，每月的话费单子打印出来比林春禾的头发还长。林春禾一直长发及腰，宛若公主，而我在初中时便习惯齐耳短发，像假小子。我觉得父亲完全没必要在家人面前如此显摆，心中面上嘴里都很不以为然。父亲尴尬地笑着，将伸出几节天线的黑色大哥大矗立在茶几上，一秒钟不到又攥回手心里，还许诺说，等你们毕业工作了就给你们买。我希望能与林春禾同时拥有，但父亲坚决不同意，他以为女孩子在读书时就应该有个学生样，不能驰心旁骛，好像大哥大连接着的是可怕的堕落生活。母亲也在一旁帮腔，林春禾则不知所措地站着。这就是林春禾，在家里一直扮演乖乖女的角色，我便只好做反叛的那一个。林春禾一旦受了委屈只会背着人抹泪，而我一定会努力澄清并报以冷笑。至于我们的性格谁更像父亲谁更像母亲，看似一目了然，其实也未必尽然，或许兼而有之。说起来，姊妹之间的相似和不同，其程度就像互生叶的区别，尽管经常被熟视无睹。

我坐在车里，拎着行李箱离家又拎着行李箱回家的场景在我的脑海中一晃而过。小中巴车里外都清洁得异常干净，车外张贴的迎新横幅和车内拉上的窗帘也是崭新的，只可惜空调声音奇大，制冷效果又差，还是泄露出经年陈旧的气息，加上道路不平整，每颠簸一下，仿佛不是冷气而是灰尘便扑簌而落，覆满一身，避无可避。

离开家时，我便感到自己灰头土脸，现在心情更是糟透了。

车子转过一个大的弯道后，沿途场景陡然变得熟悉起来，我仿佛一下子跌落到了旧梦中。我曾经反复梦见同样的场景，以致此梦像记忆中真实发生过的经历一样根深蒂固。经过长途跋涉后，一位少女，也就是我，最后站到一处奇怪的建筑前，既像教学楼，也像庙宇。此刻车子正在向这样的建筑驶近。我以为是梦境但不是，以为是学校也不是。车子完全没有停下来的意思，在两者交错的刹那，我大喊"停车"，同时略显急切地用手掌猛拍着车厢壁，引得整个车身都震动了。司机茫然踩下刹车，他大概以为我有内急，却囿于脸面不便明说。我两手拎着那件红色的行李箱，一步一挪地下车，不免引人侧目，一时议论纷纷。我站在路边，对司机挥手示意，我不打算去学校了。车子停滞在快要晒化的柏油马路上，就像一只被捕蝇纸意外粘住的蜜蜂，发出嗡嗡的震鸣，不停地将热浪掀翻到我的身上，在我快要窒息时终于放弃，一溜烟地跑远。这是我在人生中第一次做出如此重大的决定。在他人看来未免轻率，其实却是经过深思熟虑的。

我站在那栋建筑前，久远的梦境清晰地浮现在眼前，此种惊诧在多年以后依然深切可感。

那一年我十七岁，以为自己正在经历曾经的经历而惊疑不定。我不明白路边为什么会有这样一座建筑，它具体派什么用场，其内部空间又如何，梦里梦外的我对此一概不知。它的门窗紧闭，在九月中旬正午的高温中像一团眩晕的梦境难以叩开。它的出现似乎只为等待我，而我所有的努力或者放弃，也都是为了此时此刻站在它的面前。它那么大，超过了十七岁少女的整个世界，又那么小，如果不是反复梦见便无从记起。我观瞻着它，深信只要自己一眨眼，它就会在明晃晃的灼热中慢慢不复可见，像没有升腾起火焰的燃烧，也像不会渗透出液体的融化，先是失掉一个边角，接着整体陷落在无比盛大的光明中，和梦中所见完全吻合。我目瞪口呆，以为再待下去自己也将难逃被吞噬的下场，于是便跳上一辆摇摇晃晃的返程公共汽车，落荒而逃一样，一站又一站，一辆又一辆，直到站回家门口，犹如不小心按了倒退键的一盘空白磁带。敲门时我再度犹豫，因为这一幕依旧似曾发生。或者说，我在犹豫着要不要让它发生。一个决定之后是另一个决定，然后是又一个决定，没完没了，不绝如缕。门应声而开，我对好像一直站在门背后的父母说，我不想去上那所学校了，我准备复读一年。母亲以为我撞了邪，以右手手掌反复试探我的额温，而父亲则喜出望外，似乎对我说出这番话期待已久。复读的手续按说很复杂，但难不倒神通广大的父亲，他用他的大哥大打了几个电话后，此事便顺利解决。第二年，我如愿以偿考上了南京艺校。

这样一来，我和米娅又能经常见面了，虽然米娅此时已是南京政法学院的一名大二学生。

高中三年，我和米娅形影不离，高考时我们填报的第一、第二志愿，虽然学校不一样，但都位于南京。米娅的学习一直比我好，可我没想到的是，自己的高考成绩居然差到只能被第三志愿的学校录取，这一意外简直像一种施舍。施舍我也能接受，我最终拒绝去那所学校的唯一原因，是在那里的几年我将很难见到米娅，而且担心以后我们的关系难免会愈发疏远，就像一艘船告别了另一艘船，虽然我也非常渴望尽早离开父母开始独立的生活。见到那幢建筑前，坐在车里的我正因为念及米娅而沉浸在巨大的不安中。这的确是一种奇怪的预感。十七岁那年的秋天，我的复读决定无疑挽救了我从少女时代开始便异常珍惜的这段友谊。此后同在南京读大学的三年，我和米娅无话不谈，涉及所有成人话题，并且坚信我们的关系不会被以后的恋爱、婚姻和孩子所左右，可以一直带进坟墓里去。

复读对我几无影响。新的同学虽然都和我年纪相仿，互相却形同陌路。我看着他们就好像冷眼旁观一年前的自己，有一种再世为人的感觉。他们看我估计也一样，一个选择复读的高考落榜生无疑是现成的最好的反面例子，可以用来鞭策他们不断奋力前游。在新的班级里，我尽量避免走动，只是埋首课桌，在堆叠得足以挡住讲台上老师视线的复习资料下热切地给米娅写信。米娅告诉我，政法学院的大一课程很紧，几乎像高三一样辛苦，因此米娅形象地将之形容为"高四"。无独有偶，我也在经历自己的"高四"。这是否预示着我们的大学生活将在同一年开启？米娅为此热切地期盼着我，无暇顾及南京特别美丽的秋天、冬天和春天，只等我到来后再一起领略。我也很高兴，因为米娅没有迫不及待地介绍大学里的女同学、室友和其他男女朋友，而是一直虚席以待我的到来。即使我不在南京，米娅身边独属于我的位置也一直为我保留着，没有被别的女孩占住。可以说，米娅对我一如既往的关心，以及我对米娅日甚一日的牵挂，让我获得了学习的充足动力。我对米娅有多思念，对身边的新同学就有多忽略。毕竟我和她们的相处时间只有短短一年，又面临高考前的全力冲刺，原本不可能有精力培养出友谊之花，结果连身前身后浮动的那几张女孩的面孔都没记住。我的同桌尽管长得很漂亮，额头却因为对未来的焦虑布满了青春痘。往好里说是瑕不掩瑜，往坏里说是美中不足。我送给同桌一管日本产的祛痘膏，要等到高考之后，她才会打开动用，一下子变得容光焕发。我没有亲见同桌隐藏在青春痘后面的姣好真面目，所有这一切都是秦川后来告诉我的。在这个新班级里，我和秦川说话最多，超过了与全班其他人交流的总和。秦川阳光帅气，初次照面便让我想到了米娅。我一直认为，好看的人不分性别，无论是男是女都那么赏心悦目，比如张国荣、梁朝伟，还有林青霞、张曼玉。秦川喜欢在课间围着我的同桌转，此举完全是掩耳盗铃，奈何同桌既不开窍又不领情，着急之下额头上那层密集的痱子顿时红彤彤一片，倒像烫着了。秦川为了掩饰尴尬，便转而和我没话找话说，借个顺坡好下驴，然后灰溜溜地返回他的座位。话说多了，自然熟悉起来，我便以复读的老大姐自居，告诉他怎么讨女孩子欢心。可惜的是，在高考巨大的压力面前，一切方法都来不及应验。我也嘲笑秦川是伪球迷，因为男生们都喜欢踢球，只有他对五大联赛如数家珍，却从不换上球衣球鞋上场一较真章。光打雷不下雨，和他追女孩的表现如出一辙。

第二年，我们都到南京上大学。在一次聚会时，我把秦川介绍给了米娅，秦川则带来了他的大学同学小蔡，以凑成两男两女之局。在秦川和米娅、我和小蔡先后确立了恋爱关系后，四人便经常一起活动，吃饭，看电影，爬山，游泳，去外地游玩。米娅先我们一年毕业，应聘到上海一所军校当辅导员，三年后秦川和小蔡也去了上海。秦川去上海是准备和米娅结婚，小蔡则是因为工作原因跳槽。事情的发展就是，秦川和米娅结婚了，而我和小蔡分手了。分手了还是朋友，只是不常联系。这种藕断丝连，肯定和秦川、米娅有关，因为小蔡是秦川的同学、哥们，我是米娅的同学、闺蜜，只要秦川和米娅不离婚，我和小蔡就很难做到老死不相往来，只会处得像越来越远房的亲戚。

四

如果不是米娅开车载着我前往军校的教职工宿舍，我差不多忘了米娅还保留着当年的这个落脚点，小小的两居室，不超过五十平方米，名副其实的蜗居。米娅在这里住了五年，婚后才搬进新家。那一年，就是在这个几乎没有客厅的房子里，米娅告诉我，她准备和秦川结婚。我很吃惊，我一度以为秦川东游上海没安好心，没想到竟然是米娅让他来的。而米娅之所以发出这样的邀请，是因为他们在分手三年后突然旧情复燃，我见证了他们的重续前缘。我甚至都没有意识到，秦川和米娅的相遇、相爱、分手、重逢、结婚，自己居然都是见证者。这么想着，我握着手机的手心便沁出了一层又一层的汗。手机里还捂着一颗雷呢，我犹犹豫豫着，只等合适的机会便扔出去。那样的话，他们的婚姻也很有可能在我的引爆下豁然解体。这对我是不是太残忍了？

想当年，确实是我介绍他们认识的。"这是秦川。""这是米娅。"我这么说时，是多么心生欢喜，好像预料到他们会相爱，会走到一起。当秦川背着米娅偷偷和我复读时的同桌接触，同桌叫方岚，我和米娅一起痛斥他脚踏两只船的恶劣行径。如果米娅那时候有一把枪，估计不是把秦川当场击毙，就会饮弹自尽，就有这么激烈。好在彼时米娅年轻，情绪来得快去得也快，也大方，既然秦川花心，索性放他自由，让他花天酒地去。他们因此分手。秦川和方岚从偷偷摸摸开始，终究好景不长，不了了之。秦川又找到我痛哭流涕，想让我转达他对米娅的愧疚和思念之情。我拒绝给他递话，让他滚一边去。他如果有胆够种，就应该到政法学院当面对米娅说，先道歉，再请求原谅，然后再看然后。秦川不敢，他已经在政法学院校门口徘徊过多次，每次看到值班的武警就腿肚子发软。我嘲笑他是自惭形秽，充分暴露出内心的阴暗与龌龊，有一种好歹为米娅出了一口恶气的痛快感。那个时候，以及其后的两年多时间，我真觉得秦川和米娅的关系到头了。米娅去了上海，虽然并非为了避开秦川，秦川想要再见到米娅，不说南京和上海相距遥远，又隔着茫茫人海，即使他们是曾经的恋人，相处的甜蜜也很难指引他们再度走到一起。但他们没在上海见面，也没在南京碰上，却在家乡的小城里"邂逅"了，在谁都没有预想到的情况下。当年我觉着是"巧合"，现在却要愤恨了。

在米娅和秦川分手后，在米娅工作第二年我工作第一年的那个春节，我们都在老家过年。腊月二十八下午，我们相约去市中心逛街看电影，然后再打车回我家吃饭。乡音亲切、面容憨厚的出租车司机居然漫天要价，平时不到十元钱的里程，硬是要收我们五十元。要红包都不带这么狮子大开口的。如果不是年节眼下，我非投诉他不可。结果就是，开出不到两百米，我们便气冲冲地摔门下车。又拦一辆，还是敲竹杠的车。再拦一辆，如出一辙。大过年的，这些出租车司机想挣钱都想疯了。好在有米娅陪着，柔声安慰，我才没有冲最后那个说"看你们穿得不差却怎么如此小气"的司机扔出自己的尖头马丁靴。我们决定慢慢走回去。县城并不大，步行三十分钟左右，也就到我家了。那天傍晚没有风，不是很冷，我们走着走着还微微出了点汗。便是在我们逶迤慢行的时候，一辆车突然停下，从摇下的车窗里探出秦川的头脸来。秦川先是看见了我，在跟我打招呼时继而发现了米娅。事情便有这么巧。第二天上午，秦川打电话给我，约我和米娅一块去 KTV 唱歌。我原本以为米娅会一口拒绝的，没想到她居然答应了。这是秦川和米娅第二次恋情的开始。紧接着秦川也去了上海，然后是他们要结婚的喜讯。

我在为他们高兴的同时，总觉得哪里不对劲。

对于我的突然到访，米娅也感到意外，刚见面她便问，你这次来上海做什么？我早就准备好了答案，出差，顺便过来看看你，我们有多久没见了。米娅开车到车站来接我，我坐上副驾位置。这是惯例。换做我开车，也一定是米娅坐在我的右手边，谁也抢不走。以前的话，秦川和米其林就会乖乖坐在后面，秦川举着双手玩手机里的游戏，左手不时抓放米其林，而米其林热衷于蹿上跳下，一会想要爬到前面去，一会想把头钻出车窗。米娅一边和我说着话，一边抽空提醒秦川：秦川你能不能把手机声音调小点，都妨碍我们说话了；秦川你能不能别玩游戏了，看着点儿子。秦川倒是越活越年轻了：不是顶着莫西干头，像一把镰刀，就是垂着脏辫，像拨浪鼓的须子；手上沉甸甸的，几乎每根手指上都套着戒指，有铜的，有银的，有金的，有玉的；耳垂上钉着明晃晃的耳钻；颈子上挂着长度极其夸张的项链，底下坠着的可能是十字架，也可能是骷髅，或者空弹壳。我被晃得眼花缭乱，觉得后座上分明是米娅的两个儿子。对此含讥带讽，秦川不以为然，依旧沉浸在游戏世界中自得其乐。毕业后秦川一直从事广告行业，我虽不清楚他在公司里贡献过什么有价值的创意，但看情形显然是把他自己广进去了，每天打扮得怪里怪气，自以为时尚，从头到脚却俨然一条夸张而虚假的广告。好在秦川此刻不在米娅的车上，不然我宁可打一辆出租车跟在后面，也不愿和他共坐同一辆车。

米娅显示出军人的特有作风，毫不犹豫地戳穿了我的谎言，不对，要是出差的话，你不会当天才告诉我。我兀自强辩着，我是临时出差。米娅乘胜出击，临时出差更不像，你不会刚到上海就来找我，只会在办完事情后再留出足够的时间。你，我还不了解吗！在米娅的三言两语下，我很快招架不住了，只得讨饶说，你就当我是来出差的吧。米娅遂不再逼问，重新变回体贴人模样，说，你是不是有点累了？要不先眯一会儿吧。

米娅这么一说，我确实觉得自己困得眼睛都睁不开了。

到了宿舍后，米娅笃定地看着我，以一副坦白从宽的架势重新开审，说吧，你这次干什么来了？我还不想坦白交代，决定再等等。比如，先找个合适的话题入手，慢慢引到秦川身上，最好能了解他们夫妻目前的感情究竟如何。以米娅的敏锐，她不可能对秦川在外面的言行一无所知。我端着水杯，在房间里走了一圈。房间面积太小了，感觉才用了一秒钟时间，而米娅的目光一直若有所思地看着我，像探照灯一样，须臾未曾离开。我想到了米其林，问，米其林现在怎么样？他还这么小，你们怎么舍得把他送到寄宿学校去？米娅垂下眼睛，两只手慢慢转动着杯子，他很好。我们一直在锻炼他的独立自理能力。毕竟我们都没有足够的时间照顾他。他在寄宿学校倒是比其他孩子都适应，一点也不想我们。我捏着手机，继续小心地翻找话题，没想到你把这间屋子都收拾出来了，是课程多的时候才过来住吗？米娅摇摇头，我最近一直住这里。我赶紧问，那秦川呢？以他的德性应该不会愿意屈尊住这么小的地方，他一个人留守家里吗？这时米娅的脸上方才露出一抹苦笑，家？那个家已经没了。

　　米娅说得轻描淡写，对我却不啻惊雷，我不相信那个堆满了秦川的奢侈品收藏，慢慢侵吞了米娅个人空间的家，突然就没了！我记得很清楚，在那个家里，鞋柜、衣柜几乎都成了秦川个人用品的展览架。米娅能保有的不过是自己的化妆台，即使是化妆台，在秦川接受了"男人也要贴面膜和化妆"后，也有无限变小的趋势。米其林的房间则被改造为秦川的储藏间，因为"这些宝贝，儿子你长大后也会喜欢的"，最后米其林带着一只最宠爱的玩偶去了寄宿学校，彻底把空间让了出来。即使如此，那也是他们的三口之家。至此，我方才意识到秦川和米娅之间出了大问题，一下子紧张起来，告诉我，你们俩究竟出了什么事？米娅叹口气，我们把房子卖了。我和秦川离婚了。

　　想千想万，我没想到他们居然离婚了。米娅也许早就看过那张照片，又或者，秦川做出如此荒唐的事是在他们离婚之后，这么一来，照片也就不再具有示警的意义，根本没必要捅出来，看了反而徒劳心神。

夫妻离婚后，不就是再无关系可以各自飞了吗？

现在我终于可以把那张照片删掉，我的手机想必也会长松一口气，不用气鼓鼓得像一条红金鱼，甚至有可能被米娅失手砸向地板或墙上，因为承受这愤怒一击而四分五裂。手机无所谓，我心疼的是米娅。心疼之余，我又有点生气，埋怨米娅离婚这么重大的事情竟然没有告诉自己。米娅歉意地笑笑，她确实没打算对我隐瞒，只是不知道从何说起。

离婚这件事，说简单简单，说复杂复杂。离婚就好比快刀斩乱麻，事前事后都很难说清楚。就秦川这种浮头鱼的个性，是个坑他都会栽进去，但我还是急于想知道，米娅和秦川究竟出了什么事？他们为什么要离婚，还把房子给卖了？

五

十年树木，百年树人。只要不是新的校区，所有的大学看起来都像公园，里面到处树影葱郁，四时花香不断，有水池，有草坪，男女老幼都安步当车，整个节奏都比围墙外面的世界慢了半拍还不止。这也许只是我的猜想。教职工宿舍独立于学生的宿舍区和教学区，更显幽静。楼后一排长着的全是月季，像栅栏一样保护着窗子。月季长势旺盛，可能是一楼住户手栽的，也可能是学校后勤统一维护的。米娅的花瓶里也插着好几枝月季，唯有一朵还很明艳，其余的花朵都蔫了，像涂得乌黑的圆唇，难掩憔悴干枯。我将瓶里的月季花取出来，扔掉枯萎的花枝，独留下尚好的那枝，剪裁一番，重新插回瓶里。

米娅一直默不作声地看着我，这时才发出惊叹，你这么一拾掇，和我胡乱插的还真不一样，有几分你工作室里作品的韵味了。你上次说过，你学的花道叫什么名字来着，花枝？我纠正说，我跟我老师学的是"一枝"。说起来挺神奇的，我老师在日本留学期间修的原是"花意匠"，后来受到观音大士手中杨柳净瓶的启示，独创了"一枝"流派，也就是说，不管什么样的花瓶，里面都只插一枝。有人给予极高评价，什么禅是一枝花，花是一枝禅。这些我也不懂。不过，所有的插花师大概都是孤独的，花越明艳，不蔓不枝，便越接近无言。一座花瓶里插一枝花，就好像一个人立在她的一生中，所有的枯荣盛衰，也都不过是杯水自照，形单影只。

我讲了这么多，米娅却好像压根没听，蓦然发问，你的老师，她是不是离婚了？我说，她一直都没有结婚。也不是没有彼此属意的人，相处一段时间后，自然而然就分开了。好像她的"一枝"，花枝在瓶里，都是极贴切顺合的，枯萎了，便连瓶带枝一起处理掉，毫不犹豫，也不可惜。米娅说，你这个老师，听着倒是很有意思。你们师徒两个，对待婚姻的态度上也很一致。我说，其实她是不管我们的。结婚也好，离婚也罢，甚至是做了小三小四，她都不管的。她一直认为插花靠天赋，但人在红尘中，不能靠天赋生活。米娅问，那该怎么生活呢？我说，生活迟早会毁灭天赋的。所有的天赋异禀者，最后的下场莫不如此。就像插花一样，虽然看似把美延长了，但何尝不是一种更彻底的耗尽！米娅问，这也是你老师说的？我摇摇头，反问道，你和秦川，你们到底是什么时候离婚的？

外面突然下起雨来。雨声时疏时骤，忽远忽近，好像一群孩子在学校里慢跑，跑着跑着就变成了大人，或为男友，或为女友，或为丈夫，或为妻子，即使没有成双结对，也难逃同样心思。

我追问道，你们当初决定把米其林送去寄宿学校，就是为离婚做准备了？米娅说，其实在此之前，我们已经离婚了。我又吃一惊。没想到他们离婚已经这么久了。大半年前究竟发生了什么变故，自己居然一点都不知情。我又问，是不是秦川在外面有了别的女人？米娅摇摇头，这倒没有。我想起那张照片，觉得米娅很可能确实被蒙蔽了，忍不住提醒她，你就这么肯定吗？男人在妻子面前都是扮老实，一旦到了外面，还不是孙悟空挣脱了金箍，什么恶心事做不出来！米娅苦笑了一下，他一门心思都花在搜集那些宝贝物件上，哪还有时间去打别的主意。我听米娅说得这么笃定，就没有再继续说下去。

米娅起身把窗子打开，一阵清新的空气顿时涌了进来。

在我们的少女时代，高中三年，两个人是无话不谈的，中间隔了一年，我们依靠写信交流，然后是大学三年，奔向成年的两个人之间依然没有秘密。即使随后分居南京和上海，距离也并没有形成隔阂横亘在我们之间，我们只是再也无法像以前那样有大把的时间粘在一起，叽叽喳喳地说个没完没了。短暂的见面相聚，不可能事无巨细都敞开来聊透，那些从指缝间溜走的话题并非无足轻重，只是不再被我们注意到，有时却会形成沉默借以提醒我们。甚至那些反复被我们提及的事情，因为一再说起反倒像遗忘了一般。既然当时没有来得及深究，便只能留待特殊的时刻其隐含的意义才会不言自明，就像有自残行为的年轻人在手腕上割出刀痕或烫下烟头烙印，时间长了只记得伤疤大致的警示意义，却模糊了这一件伤心事与那一件伤心事的区别。很显然，细腻是短期的记忆强化所致，而粗糙则是长期积淀的必然结果。我和米娅也是如此。我的插花老师曾经说过，即使是并蒂莲，她也不会把它们插进同一件瓶子里。何谓"一枝"禅意，我现在大概能明白了。

很多年前，当米娅和秦川第一次见面后，他们并没有彼此一见钟情，秦川喜欢米娅要多一些。在得知米娅还没有男朋友后，秦川随即展开了追求。为了不让我成为碍眼的电灯泡，他还鼓励小蔡追求我。米娅告诉过我，秦川为她做的每一件事情，都让她很惊讶，他就好像见过她、了解她一样，知道她偏爱蓝色，喜欢桔梗花，幸运数字是7，只吃瑞士产的巧克力，从不喝酸奶，是张震和梁朝伟的粉丝，迷恋小众音乐，嗜辣……所以才会送给她让她眼前一亮的礼物，带她去吃她停不下来的美食。米娅很享受他们的约会时光，恋爱便也就水到渠成。其实，这些都是一年前我在高三教室里灌输给秦川的。在我看来，女孩们一般都会有上述偏好，因为米娅就是如此。米娅之所以在很短的时间内接受秦川，肯定与此有关，我相当于奉献了一次助攻。因为我的无心插柳，让秦川不经意间变得像我一样了解米娅。而一年后，小蔡也因为秦川的出谋划策，大体了解了我的好恶。他们一开始便是合谋者，把我和米娅当成了猎物。不，感觉我们三人是一伙的，只有米娅是完全无辜的猎物。所以当秦川和米娅第一次分手后，我跟小蔡也没有必要粘在一起。我觉得男人都是一路货色，虽然小蔡极力辩解，但他回答不了一个问题，如果没有秦川，他会喜欢我吗？而我面对的问题则是，如果不是因为秦川和米娅，我会接受小蔡吗？虽然这个问题从来没有人向我提及。

每次谈及往事，我和米娅都只会深潜到"我（你）介绍你（我）们两个认识"这一层面，好像秦川每一次献殷勤正中米娅下怀都只是误打误撞。及至方岚再次出现，尝到甜头的秦川忍不住对曾经暗恋的女孩照方抓药，以为能复刻在米娅这里获得的成功。事后秦川颇有悔改之意，米娅却毫不通融。我以为是米娅高傲的心性让她拒绝当"回头草"。其实我错了。米娅和秦川曾经有过一次深谈。米娅告诉秦川，她读的是军校，也就是说她是军人身份，谈恋爱两情相悦便可以，结婚后就不能再当儿戏，破坏军婚是犯罪。谈及结婚，而且是军婚，秦川终于还是退缩了。而这些，米娅肯定跟我说起过，只是被我遗忘了，于是在我这个外人眼里就好像从来没有发生过，但当事人怎么可能忘得掉！等到三年后的一次意外重逢，让秦川有机会对米娅重新作出表白和承诺，他依旧喜欢她，并且他不再害怕军婚了，他愿意和她结婚。

现在仔细想来，作为军人的米娅对婚姻的恐惧似乎更甚于秦川。

六

是的，从头到尾我都忘记了最重要的一环，那就是米娅和秦川的婚姻是军婚。如果米娅不同意离婚，秦川作为军人的配偶，他们很难轻而易举地离婚。当然，如果秦川一心想要离婚，米娅也绝对不会用这条法律条文来限制他。问题是，我还是不知道他们为什么离婚。听米娅的话里话外，至少在离婚前秦川并没有出轨的念头，也没有迹象表明他们的夫妻感情已经破裂到无可挽回的地步。

感情破裂或者接近破裂的，我身边倒是有两对，我的姐姐和姐夫，以及我的父亲和母亲。先说我的父母，我一直觉得他们在生活中不像夫妻，母亲更像是一位保姆，不分昼夜地侍候有钱且脾气大的父亲，不仅没有薪水，还经常不受待见。好多次我以为他们会离婚，母亲会负气离家出走，父亲会在外面包养一个姨太太，给我们姐妹带来一个同父异母的弟弟或妹妹，结果却都没有发生。可能是他们都有极强的家庭观念，这种家庭观念不仅仅维系在他们夫妻两个人身上，还和上有老下有小有关。一直以来，他们每年都回老家看望爷爷，在爷爷面前，母亲谦卑地维持着儿媳的身份。是不是爷爷去世后，母亲顿时觉得松绑了呢？因为源于儿媳的这一身份出现了松动，她不再是爷爷口中的"儿媳"。事实上，类似的"侄媳妇""外甥媳妇"，从来不具有类似的束缚力。母亲开始渴望并策划与父亲脱节的生活，这在以前是不可想象的。是分开生活，而不是离婚。比如，他们有两个女儿，父亲完全可以和大女儿一家生活，母亲则去照顾小女儿。但在这个问题上他们也出现了严重的分歧，就哪个女儿更像谁产生了争论，进而是谁更适合与哪个女儿一起生活。一直以来，父亲掌握着家里的财政大权，难免会影响女儿们的选择，母亲有可能觉得自己会吃亏，这种精明在以前也是从来没有过的，随即提出新的建议，他们可以分开轮流着去两个女儿家。只可惜在大女儿离婚后，母亲的这个愿望也破灭了，因为大女儿那边多了一个外孙要照顾，作为外祖父和外祖母，他们必须和这对可怜的母子俩生活在一起。

细究起来，我的姐夫虽然性格懦弱，但婚姻的不幸倒不能全部怪罪在他一个人头上。姐姐林春禾在工作与婚后的生活中太过强势，简直像换了一个人，活脱脱是另一个版本的父亲。姐夫则唯唯诺诺，时时刻刻大气都不敢出。越是小心翼翼，越是一泻千里。这样的家庭聚会总是让我倍感煎熬，我觉得母亲和姐夫太没有地位了。林春禾对丈夫横挑眉毛竖挑鼻子，抱怨越来越频繁，他太矬了，他太没用了……这些嫌弃让我觉得匪夷所思，这么矬和这么没用的男人，偏生是林春禾自找的，是林春禾让他成为自己的男友、丈夫，继而成为自己孩子的父亲。除了怨他，还能怨谁呢？林春禾离婚后，我反倒长出了一口气。担心大女儿作为单亲妈妈带着孩子生活诸多不便，父亲便匆匆结束了在县城的生意，提前退休，到南京买了一处大房子，和母亲一起搬过来，照顾大女儿和大外孙。照理说一家人在南京团聚是一件幸福的事，我却不愿意回那个新家，因为受不了一个刚离婚的女人苦口婆心地劝另一个女人结婚，好像前者的前车之鉴只是单纯的遇人不淑。我虽然不是悲观主义者，可在结婚之事上也绝对不敢过于乐观。瞧瞧我们家，仅有的两对夫妻他们的生活都糟透了。所不同的是，父亲和母亲在同一个屋檐下生活得足够久，以至于更像亲人，而姐夫和姐姐还没有把互相忍让磨成习惯便离婚了。虽然不再是夫妻，但外甥口中的"爸爸""妈妈"仍然像咒语一样将他们铆在一处，除非姐姐能够很快找到另一个心仪的男人，并说服孩子喊他"爸爸"，才能在新家庭中降低前夫的影响，甚至一举抹除。我觉得这样的可能性不大，因为林春禾的强势已经定型，即使万里挑一的人也会很容易在她眼里迅速变成一无是处。这就是父亲对我们姐妹两人的影响。只要一有机会，我们无不渴望独当一面、一言九鼎，这是刻在我们骨子里的东西。林春禾过去在父亲面前的顺从只是伪装，其要强的一面与父亲相比甚至有过之而无不及，这让我越来越怀疑自己的反叛也是假象，一旦结婚就会原形毕露，自己终将褪色成一个像母亲那样柔弱无助、彷徨无计的家庭主妇。这是我反感婚姻、拒绝成家的原因，我既不愿意在婚后继续保持强势，像父亲和姐姐那样高高在上，也不希望表现得软弱、妥协，像母亲那样逆来顺受。我就一个人好了。

对我的独身主张，家人更为担心的是，当我年纪大了想要孩子时怎么办。高龄产妇就像一把出鞘之剑悬挂在我的头上。好像女人成为妻子只是成为母亲的过渡。我思来想去的却是，女人的谦让、忍耐和牺牲，真的是出于繁衍生息的目的吗？一个人是"人"，两个人是"从"，三个人是"众"，难道个体之上真的有一个群体、一个种族乃至一个人类吗？换句话说，女人如果不愿意谦让、忍耐、牺牲，人类就会因此陷入困境乃至绝境吗？我进而想到，如果没有生下我们姐妹俩，父母是不是早就无法忍受彼此了？以及现在的他们还会偶尔心有不甘吗？看着膝下的两个女儿，一个很快离异，一个拖着不结婚，他们是感叹世道人心变了，还是埋怨女儿们不听话呢？米娅对我却不会这样，即使米娅的态度也是波动的，有时对我说，"真希望你能一直这样自我，不用陷进婚姻的泥沼"；有时又说，"真想看到你会把什么样的男人带给我看"。我交往过的历任男朋友中，米娅只知道小蔡，其他的都没见过。米娅认为小蔡很适合我，力撮我们复合的意图也很明显。当局者一定迷，旁观者未必清，当姐姐林春禾的婚姻生活千疮百孔时，我一度还觉得米娅和秦川很幸福。当事人是怎么维持这种假象，而局外人又是如何得出这种错误认识的呢?

七

　　按照米娅的讲述,她所认识的秦川经历了两次大的变化。在情感上,他有过一次玩火的过火行为,那还是恋爱阶段,导致的后果是米娅和他分手,三年之后,他变得成熟,至少敢于作出承诺,并如愿和米娅成婚,婚姻生活中他老老实实,再没有拈花惹草的不忠行为,KTV那次暴露狂的行为已然是他们离婚之后。而在兴趣爱好上,他却慢慢像变了一个人似的,被时尚所俘获,热衷于搜集一些小玩意儿,越来越上瘾,越来越疯狂。不是突变,而是从量变到质变,一点一点地,几乎不引人注目,但就像水银泻地一样难以逆转。

　　这也许和他的工作有关。广告行业兼具创意、设计和公关的特征,如果只是创作部的美编还好,可以终日和苹果电脑打交道,但策划、执行部门是连通的,积累了几年文案基础的员工,往往会被老板有意调到客户服务部或媒介部,美其名曰是增加经验,其实是锻炼成多面手,以备在人员流动率大的时候即插即用。像秦川这样,名校毕业,有学位意味着有能力,开始便受到老板重用,机会好,自己也努力的话,很快就能脱颖而出,但是在和客户与媒体打交道的过程中,容易在不断的迁就和迎合中渐渐丧失自我。就像初蹚爱河的年轻人会受到水中其他倒影的诱惑,职场上的新人也极易被成功学所激励,像钟摆一样在极度自卑与极度自信中晃荡。自卑是因为还没有成为有钱人，自信则源于坚信自己一定会成功。可是，因为囊中羞涩和存折里那串浅短的数字自觉矮人三分的年轻人，怎么才能在长人林立的富人圈中保持不卑不亢，不遭人看扁从而获得立足之地呢？作为广告界人士，不仅要有"三寸不烂之舌"，还要有强大的气场，表现得要像一个富翁，一个专家，一个时尚人士，一个美女，一个美食家，一个营养专家，一个运动达人，一个著名摄影师，从而能够给出令人信服的建议，随时随地对渴望变得富有、杰出、享受、健康的人士进行降维打击，对业经圈定的理想用户进行广告投放、轰炸和洗脑。不仅要把羊群赶进羊圈，为了避免它们在糟糕的天气里乱跑，除了加固羊圈，还必须把羊圈建立在悬崖上。一句话，广告业虽然不生产具体的产品，但生产"需要"，以此搭建生产者和消费者之间的桥梁，哪怕这种"需要"纯属捕风捉影的不羁之谈，最好是无害的，但一定是无益的。广告方和生产者沆瀣一气，对产品的调研，对消费者的分析，都是为了造出所谓的金句，戳中消费者的软肋，以便实施坑蒙拐骗。这其中没有一个人是不可以被利用的，没有一个人是无辜的，没有一个人是正常的。

秦川的这种心理、思维和习惯，也许是从言必称"脑白金""脑黄金"开始的，他将之奉为金科玉律的教科书。也许是从整天翻看《骗子为什么要穿阿玛尼》开始的，他在学习炮制幻觉的过程中终于自己也迷上了幻觉，就像那个说出真话的孩子最终成为了什么衣服也没有穿的国王。

　　物质是汹涌的，物欲是可怕而难以穷尽的。所有的诗人、哲学家、数学家、画家、音乐家，在人类历史上灿若群星，但和物质的集大成相比，犹如银河系与河外星系的区别。而金钱和财富之所以被创造出来，与其说是为了勉强维持生计，不如说是为了与物质的丰盛以及物欲的餍足相匹配。日常生活中每一件什物都自成一座金字塔，越下面数量越多越普罗大众，越上面数量越少越轻奢极欲。哪怕是杯子、指甲刀、打火机、雨伞、帽子、鞋子，更不用说雪茄、葡萄酒、太阳眼镜、手串、手表、照相机、汽车，每一款都等级林立，高高在上者自带光环，让其下者自惭形秽。就像斗促织、斗鸡、斗狗一样，这些穿的戴的用的，仿佛游离于形体之外，一旦见到同类，非得比拼撕咬出输赢不可。于是，人凭衣贵，马借鞍强，鱼目混珠，在所难免。一个人尽管落在了时尚的坑里，他自己的感觉倒像是在沿着一条宽坦的台阶向上攀爬，越往下沉，越像是往上升，明明陷入一叶遮目的境地，却反而觉得周遭的景色一览无遗。智勇之士都难免困于所溺，何况普通人呢？坐吃山空是因为入不敷出，他们的工资终于承担不了他们的靡费。吃穿用都要挑最好的，退而求其次就像是吃了亏，像是失了面子，像是被人往脸上打了一拳。这样的人，偏偏又因为工作关系，出入的净是繁华处所，见到的永远是纸醉金迷、流光溢彩的生活，怎么能要求他们动心忍性，增益不能呢？他们对钱并不吝啬，只是大方于在所爱之物上一掷千金，同时对钱变得毫无概念，表现得就像刚签了巨额合同的年轻球星一样。他们的薪水虽然不低，却依旧杯水车薪。

就像秦川，谁也不知道他出于什么目的囤积这些东西。NBA球星的签名球鞋镶满了一面墙，可他从不去打篮球。买不起豪车，就入手各种豪车的纪念款、经典款模型。喜欢《加勒比海盗》就购买杰克船长公仔，喜欢《海贼王》就凑齐所有船员的手办。毫无钱币学知识，却搜集古钱币。完全不懂虚拟货币，也炒比特币。他既为古老的豪华旧物折服，也愿意追随闪亮的新生事物。如果他是基督山伯爵，估计也只会满足于喝着年代久远的拉菲，佐以外星球运来的鱼子酱。光鲜的生活一旦进入炫耀的航道，便难以感受所经的暖流或寒流。山鸡沉迷于水中的幻影，再也不愿意醒来，华丽的羽毛让它彻底忘了为时短暂的低飞，连快速奔跑也难以为继。

这就是秦川从某个阶段突然开启后再也停不下来的真实生活。他的家庭还完好无缺，但更多是米娅在维持，他的心思几乎不在家人身上，即使儿子出生，他也驰心旁骛，一个专注的父亲怎么会给孩子起"米其林"这样的小名和"秦世爵"这样的学名呢？米娅在一定程度上纵容了他，完全没想到他会越陷越深。话说回来，专注痴迷于某件事的男人想必也有其可爱之处。但这份孩子气的自私行为，最终需要他人做出匹配度极高的牺牲。米娅虽有这个准备，她可以也愿意独立抚养米其林长大，但新的事态却像旋涡一样，将她整个人吞没，然后又甩将出去。

为了满足自己不断扩张和提升的癖好，秦川终于迈出危险的一步，求助于高利贷公司。一个不是为了家庭而欠下高利贷的人，不仅心里，恐怕眼里也是没有家庭的。等到米娅惊觉，从山上滚下来的雪球已经很大，足以将这个三口之家冲击得荡然无存。秦川开始躲避，十天半个月不敢回家一趟。高利贷公司的人找上门来，说话虽然客气，威胁之意尽显，就差在墙上泼油漆，往钥匙孔里塞口香糖了。夫妻俩对困境进行了沟通，尽管米娅主动提出把房子卖了，去堵高利贷的窟窿，秦川已然无法回归普通、正常的家庭生活。高利贷一度将他逼上悬崖无路可退，但他心心念念的依然是那些迷人的奢侈品。

还清高利贷之后，他们和平离婚。家庭解体，一家三口分居三地，米其林住在寄宿学校，米娅住回学校当年分配的宿舍，秦川居无定所，但为他的收藏品租了一间库房。米其林还小，感受不到生活的此种变故，只是觉得自己被父母分割了，有时陪母亲，有时陪父亲，却不能同时陪伴二者。对于米娅来说，随着摇摇欲坠的房子被售卖出去，终于告别了担惊受怕的日子，她像回到了大学毕业后的起点，只是多了一个儿子。秦川更深地沉溺在对诸多新奇玩物的追逐中。借还高利贷的经历给他开辟了一条新路，就像有些瘾君子以贩毒养吸毒，他也动起了以放高利贷购买奢侈品的念头，可惜没有充足的本金。具体进展如何，无人知晓。接下来就是周绮的出现，让秦川看到了搏一下的机会。然而轻率的行为让他付出了巨大的代价，不仅沦为全公司和全行业的笑话，还激怒了他的老板。据说，这个在广告界呼风唤雨的男人黑白两道通吃，他的愤怒让秦川难以在上海立足，只能灰溜溜地离开。

<h2 style="text-align:center">八</h2>

我不知道其中还有这么多的曲折。雨声滴滴答答，夜晚的湿意增加，温度也随之降低了不少。不知不觉间，我的情绪平复，对秦川的愤怒奇怪地消失了，取而代之的是难以言表的感触。秦川，这个高三一年的同窗，这个闺蜜的男友和丈夫，突然间像回到了他的二次元世界。四格漫画、一篇小说、二十四帧影像。在他的世界里，他是当仁不让的主角，即使没有主角光环，也一往直前，虽然很没心没肺。也许，唯一能说明的是，时代变化了，梦想和实现梦想的方式都有了新的内容。他想要干什么？他想要拥有。不管拥有的是什么，都宛若星辰，都能让他获得满足，从而，该怎么说呢，远离谋生，抵达生活。谋生自然无需赘言，可是什么是生活，真正的生活该如何去描述呢？

我困惑了。我的爷爷，据说什么都往家里捡，因为准会用得着。我的母亲，从小就不让我们姐妹俩剩饭碗，掉在桌上的饭米粒她都会拈起来放进嘴里吃掉。有时候，我确实难以想象祖辈和父辈那种极其匮乏的生活，只能自我安慰说，历史不存在假设，生活也不可能倒退。可是，一直往前进的生活不是更应该与过去的生活相比较吗？以得出生活确实越来越好而不是越来越差的结论。生活不是应该建立在具体的人之上吗？一个人，一群人，抑或一个阶级，是这样吗？

秦川自然不是无可指责的，但也仅此而已。就好像，他可以选择结婚，也可以选择离婚。关键在于米娅。在秦川求婚时，米娅同意了，不仅同意，在一定程度上她还鼓励了这一行为。至于离婚，虽有诸多遗憾的地方，但他们也都接受了，不仅是出于不可控的外力从而终止了协议，也很快适应了各自的新生活。到了一定年龄之后，和谁过都是过，降临在两个人肩膀上的压力，一个人也能应付裕如。除了米其林。米其林是无辜的，随着时间的流逝，他受到的伤害会或隐或显或大或小，需要一家人共同面对，一起解决。如果畏惧这种伤害，夫妻坚持不离婚，未见得就是更好的选择。离体或解构的家，依然是家。所以，林春禾离婚了，米娅也离婚了。离婚的原因各不相同，但都显得明智，至少她们没有因此变得更加不幸。

那么，在离婚一事上，我进而想到，和母亲相比，林春禾与米娅之所以没有表现出更多的顾虑与负担，是因为什么原因呢？显然与她们的性格关系不大，林春禾与米娅本就是性格迥异，那么是因为她们的心理更成熟以及她们的谋生能力更强吗？母亲没有谋生能力却掌握了一家人的生活，父亲在外面挣钱却不得不囿于母亲安排的生活，他们两个人到底谁更不幸呢？我想起有一次我和母亲聊天。母亲问我为什么还不找个人嫁了。那种随意的语气让我着恼，于是反问了一句，我又不需要依靠男人养活，为什么要随便找个男人嫁了？母亲因此而郁郁不乐了好几天，我以为是自己的态度冲撞了母亲，其实是"依靠男人养活"这句话刺痛了她。结婚固然要两情相悦，可是谁知道两情会不会长情，能不能一直相悦，如果变淡了甚至没有了，还有必要箍在一起对付漫长的乏味的可怕的生活吗？有情饮水饱，无情喝水塞牙缝。情感之于生活，生活之于情感，怕是既不能截然分开，也不能完全混为一谈。情感犹如花枝，生活犹如花瓶，因为一段情感便舍弃一种生活，这究竟是难以想象和承受的，还是不失为一种放下和解脱呢？

米娅一直看着我，这时方才担心地问道，你不会更不想结婚了吧？我点点头，又摇摇头。遇到合适的人，我想我会和他结婚的。但结婚和离婚是两码事。我不会因为结了婚就不离婚，也不会因为怕离婚就不结婚。

九

第二天是周五，按寄宿学校的规定，家长们可以在下午把孩子接回家住两天，周日下午或周一上午再送回学校。当然也可以让孩子继续待在学校里。不过，米娅告诉我，周六是米其林爷爷的生日，秦川肯定会过来把米其林接回老家。

之前，我提到好久没有见到米其林，想见见他。现在，我们不仅无法把米其林接出来，甚至也很有可能在寄宿学校碰到秦川。米娅觉得我肯定不想见到秦川。我叹口气，如果你们的关系很僵，那我肯定不想见到他，免得让我们两个人心里更添堵。现在你们离婚了，我倒不那么排斥见他了，说到底他还是米其林的爸爸，再不济他还是我的高中老同学。

那么，我还是带你去见见那对父子吧。米娅说，你放心，我现在和秦川分得很彻底。他是米其林的爸爸，我是米其林的妈妈，我们的关系大抵如此了。

我仿佛看见一条狭长的甬道，只能通一人，其逼仄让通行者完全没有转身的余地。秦川和米娅便在我的目光下相向而行，在相遇处融合，终于穿透对方的身体，留下一个米其林，继续向前。他们已经无法转身，除非他们停下脚步，才能继续感受彼此的气息。他们就像对驶的船只，相会之后，天高海阔，分道扬镳。米娅和秦川，他们的关系就此牢牢固定，遥远的校友、前夫妻、米其林的生父生母、熟悉的陌生人、永远的过客。未必了无遗憾，但充满遗憾和悔恨肯定也言过其实。就像此刻，米娅神色平静，像所有的过来人一样，对于我来说，倒是过于平静了。也许有些事情例如婚姻，不去经历就永远没有真实的感受。

我终究还是退缩了。我有点害怕在这个时候见到这对父子。他们就像是我未来会遇到的，就像我未来的丈夫和未来的儿子，而他们在一起，将会结伴离去，撇下我一个。我揽镜自照，镜中人是我，是米娅，是姐姐林春禾，是母亲。是孕育生命的一族，也是衰老的一族。我曾经看见过这样的画面，一幢奇怪的建筑，那是家，那也是子宫。我看不透这幢建筑，因为我只是在外面，不知道是不是同时也在里面。我想借母亲和身旁的姐妹来参透，但她们笑而不语，笑容给她们的脸颊抹上了一层圣洁而平静的光芒。米娅，我在心里轻呼，我不知道我能不能成为一个母亲，因为我曾经背叛过自己的母亲，当她问我们，如果她和父亲离婚，我们会选择跟谁。姐姐说，她会一直陪伴母亲；而我说，我会跟着父亲。我不仅这样说，还用力挣脱了母亲的臂膀，跳出了她的怀抱，当时她左右环拥着两个女儿。不，不是因为我的年幼无知，我很明白我做出了什么样的抉择，还说出了怎样的一番话。我为什么一直针对姐姐，因为她不仅继续蜷缩在母亲的怀抱中，还用双手拭去了母亲脸上的两行泪水。她宽慰了母亲，同时赢得了父亲的尊重，而我投降了父亲，虽然也取得了母亲的原谅，但我意识到我缺失了什么。就像母亲叹息的，这个孩子从小就没什么心。我的心究竟去了哪里呢？

　　要不，我们还是找一个地方坐下，远远地看一眼吧。米娅说，我也担心待会见到米其林，他会缠着我们一块去给他爷爷切生日蛋糕。他还不能理解，离婚后，我和他爷爷奶奶就不算一家人了。我们也没办法向他解释，只能等他自己慢慢明白。

喔，亲爱的米娅，这个过程可能极其漫长，或许终其一生，米其林也无法彻底琢磨清楚，婚姻或离婚究竟是怎么一回事。当然事情也会往好的一面发展，那就是他压根不觉得这件事难以理解。离婚或者不离婚，双驱之家或者四驱之家，于他而言除了性能有所区别之外其他都是一样的。我心里不由为米其林庆幸起来，他们这一代不仅被呵护在温室里看童话，也在虚拟世界里玩游戏。童话可能是过度保护，不利于成长，游戏却将成人与孩童之间的壁垒悄然化解。至少，在游戏中，米其林可以大肆嘲笑秦川，爸爸，你真笨。

坐在咖啡馆中，隔着窗户，我和米娅，一位现实的母亲和另一位潜在的母亲，共同注视着窗外。放学的钟点即将敲响，来接孩子的家长正像上水鱼一般，源源不断地汇聚到寄宿学校的门口。

米其林又蹿高了很多，脸上多了少年的秀气和明朗。他一走出校门，便看到了来接他的父亲。我们顺着米其林的视线，很快也看到了秦川。他像一个美国飞行员，大靴子、墨镜、手指粗的金项链，像商场门口鼓胀的充气人一般，把腰弯向米其林。他像举重运动员一般，先把米其林轻而易举地举过头顶，再轻轻放到地上，然后掏出一件连帽衫，当街给米其林换上。米其林咯咯笑着，看不出是拒绝穿戴还是趁机嬉闹。接下来，套上 PP 潮牌亲子装的父子，一前一后朝停车的方向走去。那是一辆红色的路虎揽运。米其林兴奋不已，前后左右地察看，坐上副驾还不忘东张西望。

他看上去好像蛮有钱的样子。我说，他这是时来运转，还是挖到金矿了？

直到那辆车驶出视线，米娅才回答我，也许是比特币上涨了，也许是球星卡变现了，也许是借来的车。谁知道呢？他要回老家去，即使兜里再没钱也会装扮成土豪的样子。

米娅叹口气，用手中的小匙搅动咖啡。那一瞬间，她看上去就像是婚姻不幸的女人，听任不省心的丈夫带走了成长中的儿子，流露出怔怔发愣的表情。

小姐的故事

　　大学刚毕业那几年，我主要和三类人来往密切：留在南京的大学同学，因为高校扩招，我们这一届有三个舍友留在母校担任辅导员，聚会自然首选在母校周边；工作中的同事，周一至周五天天见面，只要有谁发起团餐的建议，未婚人士向来都是主力军；以及因为踢球认识的球友，一般周六周日下午在球场见，踢完球后照例会找个附近的苍蝇馆子喝酒。

　　小姐是比较特殊的一个，他既非我同学，也不踢球，和我更没有工作上的联系。第一次和他见面的具体情景，我完全想不起来。

　　当时电脑和网络是年轻人的新宠，但尚未普及，大致情况是，顺利淘汰386，勉强用着486，无比向往586。以我为例，也还没有拥有自己的个人电脑。要用电脑打字或者上网的话，或者在单位，或者去网吧，或者蹭我室友的。我在西祠胡同上的 ID 叫"送水工"，QQ 的签名是"有本事你就眨眨眼"。所谓上网，就是登录 QQ，看看有没有好友在线；登录西祠，去注册的论坛浏览帖子。正是在这样的背景下，我认识了小姐。考虑到我们都是西祠胡同用户，勉强算是网友。不过，他是"大虾"（大侠），当年西祠胡同好几个大版的常任"斑竹"（版主），我是"菜鸟"（新手），名不见经传，偶尔在"王小波门下走狗""文心雕龙"潜水。说起来，当年小姜的风头应该很大，只不过我完全不知情而已。就拿后来在微博上火遍大江南北的张++对照，++当时是南京大学学生，在南京大学与东南大学之间租房，和几个志同道合的同学同居，关于退不退学举棋不定，流露出满满的才气和天赋，但在南京高校圈的 BBS 上，影响力远不及小姜。东南大学校门旁的天桥竟然无人不知，只因小姜经常徘徊其上，留下很多篇脍炙人口的帖子。或者借用大学同学陈塘的话容易明白。提到小姜，他说："我 ×，你竟然连小姜都不知道！"好像我白上西祠胡同了。提到++，他说："++这个人很有意思，你应该认识一下。"似乎我还有救。

认识小姜，离不开西祠胡同。我的大学同学里面，陈塘和蚂蚁都是西祠胡同的早期活跃用户，在我看来，他们此举是"司马昭之心路人皆知"，不过是为了多一些途径认识年轻姑娘而已。先成功注册一些文化版和情感版的会员，再努力成为其中的积极分子，甚至一跃而升级为值班版主也未可知，如此便可愉快地发起"版聊"或参加"版聚"，和姑娘们很快打成一片。虽然是在虚拟的论坛上，但由网络到现实，或许仅仅一步之遥，也能一蹴而就。至于西祠胡同后来竟然摇身一变为婚恋网站，倒也不是很让我吃惊。

陈塘当时在西祠胡同可谓如鱼得水，不仅介绍我加入了

"王小波门下走狗"，认识了"沉默的松涛"等炙手可热的人物，还把一个女孩"枝枝朵朵花花叶叶"带进了我们每周固定的"星期四晚餐"。枝枝的父亲是大学教授，衣食无忧的枝枝于南京艺术学院毕业后，在新街口租了个店面卖衣服。有一次聚会吃饭，枝枝把小姜带了过来。那是我第一次见到小姜。

小姜个子比我高，约一米七出头，黑而且瘦，头发三七开，戴眼镜，显得安静又斯文。但这是在陌生环境下的伪装，熟络之后，他的能言善辩便再也掩藏不住。对此，我是很高兴的，我的敏感似乎都用在对突然冷场的格外感知上，然后就会倍觉难受，费尽心机想要调整气氛，但这实在又不是我所擅长的，因此往往沦为笑话。小姜的出现，让这种尴尬顿时化为无形，因为只要有他在，聚会从头到尾都不会陷入没有话题的沉默。通常是他还在滔滔不绝，别人就困了倦了，走的走，散的散，坚守的余下几个人各怀鬼胎，都是项庄舞剑意在沛公的人，要么提议去湖南路 K 歌，要么想去马台街的烧鸡公喝酒。

小姜不喝酒，最多喝一点红酒或一两杯啤酒，甚至很多次聚会时都滴酒不沾。小姜也不唱歌，虽然高兴时也会情不自禁哼一两句，但从没有唱过完整的一首歌。他喜欢金庸和古龙，毕业初就出版了一本书，专门谈论武侠人物，在朋友圈被传阅赞誉一时——因此以为喝酒比不上喝白开水酷。他还出过一本书，模仿当时风行无比的校园爱情网络小说，更是让他圈粉无数——也因此以为唱歌不如聊天。小姜是真的很擅长聊天，无论对面坐的是男是女，他都能让对方听得昏昏欲睡，即使昏昏欲睡，只要没趴在桌上睡着，他就能继续说下去。

陈塘最早认识到小姜的写作才华。虽然小姜已经出版了两本书，但因为都和网络和通俗文学有关，并不被文学青年重视。想来，那时候文学青年和文艺青年之间虽非隔着天堑，但也是有肉眼可见的距离。小姜曾在西祠胡同上贴过一篇文章，写他的舅舅突然背着一麻袋茶叶来南京找他，想让自己的外甥相帮着卖掉。无可奈何的小姜只能先说服舅舅回去，然后对着一麻袋茶叶持续的束手无策。如果是放到现在，网红小姜肯定能很快将这批来自大山深处的茶叶推销一空，只要炮制一篇出色的软文，大谈特谈"绿色""有机""零添加""无污染"之类概念，这对小姜不是难事。后来茶叶是怎么处理的，陈塘语焉不详，而我也没有问过小姜。

慢慢地，小姜开始越来越多地出现在我的生活中。按照枝枝的说法，小姜是风一样的男子，随时随地都会贸然出现，往往吓人一跳；随时随地也会突然消失，谁都不会注意到。深更半夜，他会突然敲门，把你从美梦中惊醒，天亮后醒来时他却已不见，好像没有来过。让人想起白居易的诗："花非花，雾非雾。夜半来，天明去。来如春梦不多时，去似朝云无觅处。"

小姜喜欢游山玩水，经常在版里发些旅游胜地的照片，泄露他的行踪。照例是有美人相伴同行，从他的笑容里我们仿佛得以觑见美人如花隔云端。小姜其貌不扬，女人缘却一直很好，好到让人切齿。这是最让我不可思议，也最为艳羡不已的。这可能归功于他的能说会道，知识渊博，幽默风趣。

他有一次突发奇想，打算在西祠胡同上新开一个情感版，版名就叫"把柄和漏洞"。他是这样解释的：男的都有一个把柄，女的都有一个漏洞。摇摇把柄就能发电，是漏洞就得补上。听的人目瞪口呆，在座男性无不佩服得五体投地，女性则都涨红了脸，指责他太不尊重女性。但确实形象至极，呼之欲出，让人过耳难忘。不过，小姜只是说说而已，深知众怒难犯，对女性要尊重和爱护为主，况且类似的点子他有一箩筐，浪费一个不在话下。但我也因此认定，能有这番见解的人都不是凡夫俗子，有把柄者往往难免授人以柄，有漏洞者无不刻意遮人耳目，小姜年纪轻轻，竟然一针见血地概括出两性的基本特征和最致命缺陷，自然能游刃有余地周旋其间。

在我毕业第二年时，一位师兄将其父母位于华阳家园的一套二居室以很低的价格租给我住。我搬进去后，北面一个小房间是空着的，我本打算用作书房，后来枝枝和阿狸结伴住进去。枝枝厨艺极佳，我便也享有了口福。每天下班回到住处，就能吃到香喷喷的饭菜，觉得幸福极了。一帮馋鬼闻讯而至，清凉门大街便成了朋友们经常聚会的据点。有我的朋友，他们慢慢也和枝枝姐妹熟悉了；有枝枝和阿狸的朋友，他们慢慢也和我熟悉了。

小姜之前和我见过几次面，严格算起来仍然是枝枝和阿狸的朋友。这需要严格对待。谁的朋友来了，谁就是主招待，副招待可以相陪，也可以不陪。但后来，主招待和副招待之间的界限就模糊了，朋友也大都变成共同的朋友。除非有其他事，或者闹了别扭——俗话说，牙齿和舌头再好也会打架——这也是正常的，难以避免的。当然，有时候也可以借朋友做客的时机找个台阶下，和好如初。大学毕业后，小姜没有立即寻找工作，看似游手好闲了一段时间。2003年暑假，他背着双肩包突然杀到，一身风尘仆仆的样子，然后便不知怎的住了下来，在我的房间里将就着，打了个地铺，成了我的室友。

我也松了一口气。二男二女的格局，自然比一男二女要均衡。更何况，小姜住进来后，其他觊觎枝枝或阿狸的男人，便无法觍着脸以和我挤一下的方式留宿，最多熬到天际泛白，才一脸不甘心地打车回去。因为有小姜在，他们连聊天这一关都突破不过去，遑论非分之想了。而我对朋友之间的男女情事向来很忌惮，觉得不能善始善终的爱情最好不要出现，以免把不相关的人卷进去，误伤太多。在这一点上，小姜非常赞同我的观点。他的历任女友，都能与他和平分手，即使分手后也还是朋友，兹可证明。

四人同居期间，枝枝负责买菜做饭，我和小姜负责敞开肚子吃，阿狸负责刷锅洗碗。另外我和小姜也时常跑个腿，如果两位姑奶奶想要吃西瓜、葡萄之类的，不管是应季还是反季，即使跑遍半个南京城也要帮她们买到。如此，相处得很是其乐融融。

　　小姜住进来后，我那一帮醉翁之意不在酒的朋友便来得少了，来的主要是小姜、枝枝和阿狸他们的朋友，也就是混迹在西祠胡同的各路大神。除了吃饭喝酒，他们热衷于玩"天黑了请闭眼"的游戏，分别饰演法官、杀手、良民、警察的角色，玩得不亦乐乎。那几年，南京夜生活主要是靠"天黑"游戏撑起来的，新街口和湖南路一带开了很多"天黑吧"，一些咖啡馆和酒吧也顺应潮流，一到周末就推出特别套餐，只要团队玩游戏，酒水一律八折。甚至 KTV 包间里，年轻的男女也不唱歌，而是玩"天黑"游戏。王菲、莫文蔚们只能神情寂寞地跟着字幕唱着无声的歌。

　　另外，也玩八十分，在南京属于热门的纸牌游戏。八十分需要四个人玩，两两对家。当聚齐了三个人，另外一个人便称为"腿"，这种情况下必须打电话呼朋引伴："我们已经有三个人，就缺你这条腿了。赶紧来。"

　　我喜欢玩八十分。小姜极其喜欢"天黑了请闭眼"的游戏，无论是法官、警察、杀手，都很擅长，唯独对八十分，却很提不起兴致。只有我们四人的时候，有时晚饭后无聊，也会玩八十分，他打牌打得极其不认真，谁都不愿意和他做对家。打牌不投入也就罢了，话又多，说到兴起时，他便把手中的牌倒扣在桌上，一直说到兴尽才会拿起牌，让我们三个人恨得牙痒痒，恨不得把他这条腿卸了，扔到门外大街上去。

南京是有名的火城，晚上暑气也难消，凉席总被汗濡湿。小姜和我睡不着，干脆坐起来聊天。我们聊得最多的是武侠小说，从唐传奇到还珠楼主，从古龙金庸到温瑞安等，他往往妙语连珠、舌灿莲花，我负责听就行，偶尔插两句嘴，也是为了让他抽空喝口水。当时，我们一致觉得如果能够混迹江湖忆旧游，这样的生活也很不错。

那段时间，阿狸在珠江路卖电脑，我在上海路上班，枝枝把位于新街口的铺子关了，和小姜一样成了待业青年。她将店里剩下的衣服都打包带了回来，说要免费送给我和小姜，可以穿好几年。小姜一件也没看上，他不喜欢 T 恤，夏天只穿短袖衬衫。

枝枝自此便在家宅着，偶尔把积累了一个星期的脏衣服带回父母家去洗。小姜不上班，但也早出晚归，有时去登紫金山，有时去看扬子江，或者在某个公园里徜徉。晚饭时我们三个人简直如约好一样前后脚回到住处，枝枝已经将饭菜摆满了一桌，像勤劳的田螺姑娘。

这期间，小姜认识了一个姑娘，是南京一所中学的语文老师，叫田雨。田雨很喜欢小姜，想要和小姜结婚，但小姜似乎有顾虑，两个人进展很缓慢，几乎停滞一般，让我们三个人看得很着急。有几天很晚了仍不见他回来，我们都以为他会在外面开房或者留宿在田雨处，结果快天亮时他却回来了。原来和田雨泡了通宵酒吧，聊人生各种问题，可怜他又不能喝酒。

我想不明白，田雨多么漂亮一姑娘，看起来也很贤惠，工作又稳定，和小姜坐在一起，好比一只白鸽依偎着一只麻雀，小姜有什么好挑剔的呢？小姜却认为，男人不能太早结婚。他引用了意大利人卡萨诺瓦的一句名言："婚姻是爱情的坟墓。"我本来还以为这句话是钱钟书或者张爱玲说的。

　　卡萨诺瓦是谁？18世纪欧洲一位鼎鼎大名的浪子，唐璜式的人物。他狂热地爱着女性，据说和一百多位女性有染。比利时心理学家莉迪亚·弗莱姆博士在《卡萨诺瓦：真正爱女人的男人》中写道："卡萨诺瓦从不主动与女人分手，分开总是要通过双方的同意。"当他与一位姑娘结束关系时，"没有怨恨，没有心碎，没有报复，也没有心痛。至多有点悲伤"。

　　这是我第一次听人提及卡萨诺瓦的大名。卡萨诺瓦是不是被小姜引以为榜样？在小姜的有生之年，他是不是也要践行和智慧而美妙的女性保持友好关系，但不会和她们结婚，以免相互憎恨、厌恶，过完无聊的一生？

　　枝枝说，小姜绝对是一个神人，每年都要过生日，生日的时候不请男的，清一色都是漂亮姑娘，还都是他的前女朋友。他的女朋友，也都不简单，有的是小有名气的画家，有的是富二代，有的是电台主持人，有的是空姐。小姜坐在前女朋友们中间，活脱脱就是一个贾宝玉，只不过比贾宝玉丑很多而已。

　　我很怀疑真实性，问小姜，小姜竟然没有否认。他的解释是，作为这些女孩的前男友，他岂不就是她们身上共存的共同点吗？而他有义务提醒她们这一点，不管她们以前怎么样，现在怎么样，以后怎么样，当他坐在她们身边，谁也不能无视和否认此举的含义、意义。

真是奇怪的想法。但又不得不佩服小姜，敢这样想，竟然还这样做到了。先不要说，一个人像小姜这个年纪（二十五六岁）能收获几段感情，即使交往过几个女孩，怎么敢又怎么做到把这些女孩聚到一起，为自己庆生呢？这些女孩子难道没有开始新的恋情吗？她们参加小姜的生日宴会，该怎么向她们的男朋友或者丈夫说呢？难道是因为小姜的形貌不足以构成威胁，竟然足以掩盖他们曾经交往过的事实，而男人们也会信以为真？但不管怎么说，小姜确实以崭新的方式享受到了新时代的齐人之福。这可能是网络带来的便捷，毕竟网恋滋生了更多的可能性。可惜的是，枝枝和阿狸只是小姜的好朋友，不能添列为前女朋友，而我作为一个男性朋友，更没有机会被邀请参加他的生日宴。我们对他的神秘宴会都一无所知。其间，他怎么介绍与会女客，怎么和她们聊天，女孩之间会形成什么关系，各自怎么想，都是一个又一个巨大的谜团。

作为对比，这一年我倒是过了一个非常凄惶的生日。原因很简单。小姜把田雨带过来，枝枝和阿狸她们各自的男友也出席了，只有我一个孤家寡人，难免黯然神伤。偏偏这三对情侣还各自爆发了一点小矛盾。结果田雨饭吃到一半就离席而去，剩下的人开始劝小姜去把人追回来。小姜出去转了一圈回来，仿佛散了个步。我估计他连小区门都没有出。接着枝枝和她的小男友不知为什么拌嘴，也赌气回家了。我担心她在路上会不会被车子撞到。剩下五个人大眼瞪小眼，无趣至极，建议打牌。阿狸又开始生我的气，因为前段时间，我不仅擅自把她的爱国者MP3带去单位，还借给了女同事听，所以她大发脾气，不仅把里面下载的歌全部删掉，还要把爱国者变成飞毛腿，从窗口扔到马路上去。我更加郁闷，而且头痛欲裂，连牌也不想打了。

大家这么情绪化，估计是喝了酒的原因。枝枝为了给我过这个生日，买了一整套小剂量的洋酒，有三十克装的，有五十克装的，什么威士忌、杜松子酒、朗姆酒、伏特加、苦艾酒、金酒，林林总总，加起来有三十多件。除了小蔡没有喝，其他人都掺着喝了不少酒，不知不觉都醉了。

我把床让给枝枝的小男友睡，和小姜两个人打地铺。隔壁的小房间里，睡着阿狸和她的男友。突然，我觉得这一切都像是小阴谋，算计好的一样。枝枝的小男友已经鼾声震天。我问小姜，这一切是怎么回事？小姜说，所有的事情，只是一个名义而已，穿透名义，看到的不过是大家都很不容易。我想到强颜欢笑这个词。不过，小姜之所以这么说，很有可能是他想到了田雨。他们已经明确分手，可能田雨还不甘心，想要尝试挽回，但被小姜力阻。真是一个意志坚定铁石心肠的人。两个人曾有过一段幸福的交往，已经足够，但也仅此而已。具体分手原因，小姜不愿意深谈。

那天晚上，我和小姜一整夜没有睡觉。我们关了灯，开了空调，用电脑反复听《燕尾蝶》的原声大碟。我觉得我迷上了固力果这样的女人。那段时间，我和陈塘等朋友认识了几个南京音乐界和电影界的大咖，正沉浸在海量的音乐和电影中不可自拔。每晚我都争取看一部电影再睡觉，其中有布努艾尔的短片，还有像《牯岭街少年杀人事件》这样的长片。那是我第一次尝试通过艺术作品和身边的现实，来探询生命和生活究竟是怎么回事。就在我眼皮子底下想要活成唐璜的小姜，并没有成为我的试验品，我把目光更多地投注到自己的童年和少年，以期发掘不一样的故事，听到不一样的声音。

也就是在那天晚上，小姜认真地告诉我，他的人生有很重要的使命需要完成。他担负着巨大的使命，即使他极富才华，情商智商都很高，但也难以完成，因此每每产生懈怠的情绪。当我问他如何消化这种情绪，他只是叹了口气，很快转移了话题，聊起了文学和电影。他最喜欢的是芦苇、杨争光和阿城。

2004年暑假，台湾的白先勇先生携两岸三地的艺术精英倾心打造的青春版《牡丹亭》，将在苏州大学进行大陆首演。小姜闻讯，像打了鸡血一样兴奋不已，这在他身上并不常见。之前我并不知道他喜欢戏剧，而且居然还是一个昆曲票友。打小时候起，我便听过沪剧、锡剧、黄梅戏，昆曲听得却很少，即使身在吴语区长大，如果没有字幕，我并不自信能跟上听懂演员的唱词。

小姜怂恿我们一起去苏州。而且，他已经预先在网上定了四张票，如果我们不去，他就在西祠胡同里散票，不愁没人去。即使南京没有人和他同行，在苏州他也会找到票友。他的劲头打动了我们。《牡丹园》如果不够有吸引力，那么青春版呢？昆曲如果不够吸引力，那么白先勇呢？白先勇可是民国大军阀白崇禧的公子，从小在戏园子里耳濡目染，写过《金大班的最后一夜》。小姜兴奋地向我们介绍。

那是我们第一次一起结伴去外地，也是唯一一次。坐着火车，来到苏州，然后饭也不吃，便直奔苏州大学。一分钟也不想耽搁，一分钟也不愿意错过。枝枝虽然人来到了苏州，却没有去看《牡丹亭》，因为有点中暑，她留在我的一个朋友家休息。小姜、阿狸和我去了现场。

在"水磨调"的咿咿呀呀中，当天的上本演出落幕，白先勇先生带着演员们上台谢幕，掌声不停，谢幕多次。随即白先勇先生和纷涌上台的现场观众们合影留念。小姜和阿狸一左一右，在白先勇先生两侧做小鸟依人状，我连按快门。照片上，三个人的脸上都有彩色的光晕，好像演员没化好妆或没卸完妆一样。那是因为舞台的灯光太强烈，天气又太热，每个人都出了很多汗的缘故。

枝枝则抱怨说，我的朋友是个变态，当她躺在沙发上看电视的时候，他洗完澡出来，只穿条内裤，站在客厅的镜子前在身上抹各种护肤乳液。她以为他在勾引她。小蔡却持不同意见，自从枝枝说自己头晕力乏，不愿跟我们一起去看戏，他就觉得她另有所图。还引用了一段唱词："良辰美景奈何天，便赏心乐事谁家院。则为你如花美眷，似水流年。"

随后，我才充分了解小姜对中国戏曲的偏爱。他对中国戏曲知识和掌故的了解，足以让他写出一本《中国戏曲鉴赏大全》。这样再看小姜，骨子里分明是一个传统的中国人——秀才、乡绅、文人、官员——既有温柔多情的一面，又有达则兼济天下的雄心。

青春版《牡丹亭》的上中下三本，我们一行三人还是没有机会看完看全。第二天，我们就离开苏州，返回南京。我不清楚小姜后来有没有得偿夙愿，因为此后青春版《牡丹亭》开启了高校巡演，来到了南京和北京等多座城市。

2005 年，我离开南京，来到北京。在北京我和朋友一起在北京大学看完了下本。不由得想起小姜，那时他已远渡重洋，去澳洲留学了。

那几年，澳洲是移民和留学的热门去处。很重要的一个原因是，与欧美几国相比相对容易些，费用也低廉。我的同事董姐就全家移民去了澳洲。移民前，她兼职很多份工作，简直可以用疯狂来形容。因为她担心去了澳洲，像她这样的家庭主妇估计很难再找到工作，依靠丈夫一人养家，难免坐吃山空，所以必须让积蓄尽可能丰厚些。结果证明她是杞人忧天。澳洲的华裔比例非常高，移民过去不到两个星期，她就和几个当地华人风风火火地办起了一份中文报纸，还委托我给她多介绍作者。得益于网络的便利，我们完全可以用邮箱、QQ和MSN联系，除了不能见面，完全就像是在一起办公。

小姜去读书，情况当然不一样。毕业后去澳洲前这几年，他没有工作，也就没有固定收入。出书拿到的版税，为杂志和报纸写专栏赚取的稿费，除去生活开支，所剩无几。据说为了凑足学杂费，他找枝枝、阿狸和其他朋友都借了些钱。之所以没向我开口，估计是考虑到我只身前往北京，和他只身前往澳洲的情况也差不多。

事实是，他去澳洲我来北京之后，我们就没有再见面。我很少登陆西祠胡同，似乎把它扔在了南京。好在和枝枝、阿狸还有联系，她们偶尔告诉我小姜的消息。无外乎是换了个新女友——即使在国外，他的女人缘还是很好；还是那么瘦——从认识他起，他就没胖过，让人担心他的身体，但是他的身体也一直很健康，没病没灾的。就像一句俗语说的：瘦归瘦，战斗机。

北京举办奥运会那个月，小姜突然在QQ上留言，告诉我他已回国，现在上海，找到了一份不错的工作，薪水挺高。这样工作几年，他就能把读书借的债还了，说不定还能在上海买房子。漂泊这么久，浪子也应该成家了。又说我若去上海记得找他，他来北京的话也一定会提前联系我。QQ的头像不停闪着，我一一点开，然后给他逐一回信息。当时他的头像已经是隐身状态。之后，他的头像就再也没有上过线。

我以为他定然过上了安定且美满的生活。他不缺才华，本科上的是国内一流名牌大学，又有留学经历，要学历有学历，要能力有能力，善良且乐观，好运不可能不伴随他。不仅是小姜，还有小姜那些朋友，早年在西祠胡同各大版块呼啸来去的这些人，他们身上有着网络时代鲜明的烙印，我很少再见到像他们这般快乐的人。我不知道他们从哪里冒出来，有的是销售员，有的是做生意的，有的是斯坦福大学的在读博士，有的是IT男，有的是宠物医生，如果没有网络，这些人不可能聚到一起。即使有网络，随着网络不断普及，智能手机不断升级，他们依然会蓬散四野，甚至再也不见。

小姜是我的朋友。或者说，他是我在网络时代认识的一个好朋友。我们经历了从陌生到熟悉再到陌生的过程，即使认识了很多年，甚至曾经做过两个月的室友，我们对各自的过去所知依然非常有限，而我们对未来的期望，几乎都没有实现，所以也差不多算是一种善意的谎言。

2012年年底，小姜的哥哥在网络上发布寻人启事，因为小姜突然和家里中断了联系。这种异常让小姜的家人非常担心，不好的预感挥之不去。小姜的哥哥在小姜常去的版里发帖求助，但是没有人知道小姜的近况和下落，他好像消失了一样。几个月后，小姜突然打电话给哥哥，让哥哥带上几支杜冷丁开车去上海接他。他要回家。

小姜是我身边第一个告别人世的朋友和同龄人。

后来，枝枝、阿狸和一些朋友去祭拜他。小姜的老家位于安徽的深山中，坐火车之后，还要坐很长时间的汽车。汽车沿着盘山公路，不停地绕，不知不觉就置身于白云深处。枝枝她们一路走，一路哭，因为完全不能接受小姜已经离开的事实。

后来枝枝告诉我，她和小姜认识这么多年，完全不清楚小姜的情况，去了村里一趟才知道。小姜是他们村第一个大学生，也是当年县里的高考状元，不仅仅是他们家，更是全村的希望所在。没有人知道小姜背负着怎样的压力，如果仅仅是出人头地，生活得像一个成功人士就好了。他必须鞭策自己不断向上，可是他不知道这样的奋斗哪里是个尽头。就好像他的舅舅带了一麻袋茶叶来南京找他，他根本不知道怎么处理一样。

关于小姜短暂人生的最后两个让朋友们觉得安慰的事情是：直到去世之前，他的女人缘一直很好，当时的女友一直照顾着病重的他，不离不弃；去世之后，他有幸被土葬，这可能是我们这一代人都不可能得到的命运的格外垂青。

一段旅程

一　梯与猴

　　长梯悬垂，无分头脚，上不着天，下不沾地。梯中那只猴子，由上而下，滚动如豆，至底偃伏，只要再将长梯倒转，猴子骨碌翻越如旧。

　　不知道是谁发明了这款游戏，不仅将猴子成功地困在一架长梯内，还让它如苦役犯一般陷于周而复始的惩罚中。梯子的形状是极其规则的，而猴子的面目则显得非常模糊。自始至终，猴子都是沉默的，只有踏级而下的橐橐声如急迫的鼓点，随着鼓点声戛然而止，意味着猴子已经被阻在最下面一级，进退维谷。如果此时玩具猴子获得了视力，它当会看到下面的无尽虚空，或者说是深渊。

　　最近我总是想起年幼时沉迷其中的那个梯猴组合玩具，一度要难过得落下泪来。现在的我已经很难理解，这样残忍的玩具为什么能带给彼时的我那种程度的欢乐。我为什么要热衷于不停地倒转长梯，让猴子不知疲倦地堕落，堕落，再堕落。是的，堕落。虽然猴子看起来是拾级而下，但那种闪电般的速度，那种呼啸而下的气势，就像伽利略在铁塔上松开的一颗铁球。铁球毫无疑问会将地面砸出一个坑，猴子会不会也将梯子最底下的横杆踩断，然后摔出梯子之外？怀着这样的担心抑或是期待，我上瘾一般让猴子一歇不停地堕落。却从来没有想过，一旦逃脱梯子空间束缚的猴子，是获得了自由，还是彻底失去了自我存在的价值？

不仅如此，我还和同班同学，一个或者三个，或者竟然有十几个，具体人数我已经记不清了，我们人手一架梯猴，让猴子同时往下跳，看谁的猴子会最先掉到最下面。一排梯子被我们悬在空中，一群猴子在各自的梯子中往下翻滚，我们专注地俯视着，简直是乐不可支。我们甚至在课间给其他没有猴梯玩具的同学卖力地表演这样的节目。看啊，水中捞月的猴子，丢了西瓜采芝麻的猴子，便从语文课本中倏地跳到了眼面前，它们快手快脚异常灵活地堕落着，周而复始地堕落着。如果不让它们堕落，它们就显得无精打采，好像生命被一点一滴毫无遗漏地收回去了。处于静止状态的梯猴的魔力消失了。只有把梯子竖起来，让猴子动起来，我们才会感到无比兴奋，受此情绪的感染，猴子翻滚得更欢快了。

有时我会梦见这样的场景，一架天梯，其上没于云端，其下深不可测，一只猴子，不是被我看见，而是被我听见，因为一种急如鼓点的橐橐声即将穿透云层，预示有一只猴子将从天而降。奇怪的是，我在梦里从来没有看见那只猴子，无法揣测它是快乐的抑或是哀戚的，它是迫不及待的抑或是身不由己的，它是想不断加速的抑或是一步一挨的。只有橐橐声，显示猴子与梯子是密不可分的，显示猴子失去了轻盈，几乎是笨拙地跌跌撞撞地在下着梯子，甚至狼狈不堪，不是手握脚踩，而是脑袋和屁股轮流磕碰在梯子的每一档横杆上。清晰无比节奏分明的橐橐声，就像是"痛啊痛啊"的回音。因为回音的缭绕效果，有时我又觉得自己错过了什么，比如说，猴子并不在云端，而是没入了杳不可察的深渊。我终究还是没能看到那只不幸的猴子。

为什么我会在三十六岁的年龄，梦到自己七八岁的光景，而且梦到的不是自己学骑自行车，不是学游泳，不是学爬树，而是梦到自己举着一架梯子看一只猴子一格一格摔落的惨相呢？难道是因为三十而"立"的立字，让人生无形中多出了两根支撑架，看似一步步往上艰辛攀登，不过是悄然坠落的折射和假象？又或者是因为城市里修建了地铁的缘故，车辆在平铺的两根轨道上来回逡巡，一旦将之竖立起来，便如同把一群人装在一个集装箱里，忽地呼啸着掉落下来，再说了，列车在铁轨上运行的声音，不也是很接近"橐橐"声吗？

每次我乘坐地铁，早晨去公司上班，傍晚下班回家，我都会有一种挥之不去的深深挫败感，不由自主地想起梯猴，对那只猴子多了些感同身受，觉得在地铁车厢里的自己就很像那只猴子，身不由己地被束缚，难以摆脱困境，显得无比狼狈。

这是因为南京刚刚开通了地铁，以前坐公交车，我可从来没有产生过类似的念头。毕竟公交车是在路面行驶，路线又拐来拐去的，哪怕是有轨电车，和梯子的形象也很难重合起来。不像地铁，因为在地下，即使有些拐弯，里面的乘客也很难感受到，仍以为是直来直去的。就算看到线路图上标注明显的拐弯甚至折行，也会心生怀疑，列车真的是在这样的线路上运行吗？

抱着这样的怀疑，我对地铁检修工一度产生过羡慕，因为在深夜到凌晨这段地铁停运的时间里，他们会沿着地铁线路检查轨道，边走边敲击两侧的铁轨，从声音和震动里辨认铁轨的状况是否良好，因为他们负责的路段明确，有始有终，可以一探线路弯直的究竟。在漫长而深邃的地下甬道内，他们依循两根铁轨前行，当有清新的空气涌动过来，或者出现微弱的亮光时，预示着马上就要到下一个站口了。有时是红山动物园，似乎能感受到动物们梦里梦外的警觉。有时是玄武门，似乎能触摸到玄武湖水面的微澜。有时是天隆寺，似乎能听到玉乳泉的淙淙琼音。有时是花神庙，似乎能嗅闻到百花绽放的幽香……

说起来，自从一号线投入使用之后，我还从没有坐到过迈皋桥，也从没有坐到过中国药科大学。最北只到南京站，最南只到南京南站，因为去外地出差或游玩，不是在南京站就是在南京南站坐火车，确实快捷便利。从市区往南坐过去，南京南站的前一站便是花神庙。我没想到，通了地铁之后，我赶到花神庙居然只要花半个小时。

二 荷尔蒙

三路车的始发站和终点站都在随家仓。但是有两条线路，一条是开往新街口、鼓楼、湖南路方向，一条是开往湖南路、鼓楼、新街口方向。三路车在驶出停车场后，在广州路和宁海路路口，开往新街口的往南拐，开往湖南路的往北拐。第一次乘坐三路车的乘客，往往会搭错车，明明是要去湖南路却上了开往新街口的车，或者要去湖南路却上了开往新街口的车。虽然也能坐到站，却要多花一倍的时间不止。因此，驾驶员在发车时每次都要扯破喉咙地大喊：这是开往新街口的，要去湖南路的乘客请坐下一趟车。

新生军训结束后，大概是十月末，我们返回学校，开始正常上课，也有了周末时光。第一个星期的周六我们宿舍集体去新街口逛街，在随家仓坐三路车的时候就坐反了。第二个星期的周日再去湖南路，就没有犯错。但是在新街口和湖南路的过街天桥上，因为行人众多，担心冲散走失，不知道谁提议，总之最终八个人是手牵着手的。那是舍友关系彼此最为融洽的时刻。置身于陌生的城市繁华的街头，我们发现每个人都充满了紧张和拘束，对他人则满怀依赖。因为这层关系，我一直对新街口与湖南路心生亲近，觉得这两条商业街就像两条温柔的手臂，拍着古城南京入睡。

八个男生住在一个宿舍，朝夕相伴，既映照出彼此的怯懦，也滋生出群体的胆壮。适应了周围的环境之后，每个人开始变得蠢蠢欲动，欲念之火腾腾地往上窜。宿舍文化不可避免地沾染上一抹情色。小说里的某个段落被疯狂传阅，电影里的某一帧画面被反复倒放暂停，电台午夜情感类节目收获了忠实的拥趸，讨论班级女生成为卧谈会的保留节目。尤其是装上磁卡电话之后，熄灯后随机向女生宿舍打电话致问候成了兴奋剂，连平时最老实巴交的男生也会抢在女生挂电话之前把准备好的笑话一口气说完。每个人都有心仪或暗恋的女生对象，有的是高中同学，有的是高中同学的大学同学，有的是大学同学的高中同学。那些不幸没有骑士守护的女生可就惨了，很快沦为游戏中由获胜者折磨和惩罚落败者的利器，失败者在去食堂的路上必须对迎面走过来的人大声说：我爱某某某。

虽然少男善于钟情，少女善于怀春，但同班男女彼此暗生情愫的少之又少，也许是太过了解而互相看不上，也许是太熟悉了反而不好下手，纷纷转战于外。谁有了女朋友，谁有了男朋友，这样的事件总是会成为热点。如果谁告别了处男，那简直要引起一连串的羡慕嫉妒。其中种种细节，一个星期的卧谈会都说不完。平时动辄争吵的人都安静下来，变成了认真听讲且不耻下问的好学生。

就像诗歌里说的：

欲望都写在脸上。

谁此时孤独，就永远孤独。

三　段小丽

大二放暑假前，我在大学同学的帮助下注册了 QQ 号，这个号码一直用到现在。里面的好友总计是三百一十六位，我将他们分为六组：同学一组，同学二组；同事一组，同事二组，同事三组；朋友组。同学组和同事组比较清晰，里面的人和现实里都能对上号，即使某个人更换头像和昵称，短暂的混乱之后，我也能很快整理清楚。朋友组里面很多人只是一个符号，有的压根没见过面，加上好友之后也没说过话，甚至都不知道什么时候怎么加上的，怎一个糊涂了得。除了段小丽，她应该算是我的第一个网友。

当时我虽然拥有了 QQ 号，却不知道怎么添加好友。每次去网吧打游戏，只是机械地登录上我的 QQ，然后一直挂在那里。三个月过去了，终于有一个人主动加了我。这个人就是段小丽。后来我去网吧，除了打游戏，就是和段小丽说话，基本只说一句话：你好，在吗？有时候没有回复，我就专心打游戏。偶尔段小丽回复了，我变得心不在焉，一边打游戏，一边和她继续说话。段小丽肯定觉得很奇怪，后来聊得熟了，她还专门问过我：你怎么总是和我说话，没有别的朋友吗？我告诉她我的 QQ 里只有她一个好友。她没有嘲笑我，反而耐心地告诉我怎么添加好友。我这才加了一些，先搜索名字，比如"寂寞沙洲冷""杨柳岸晓风残月""我爱一枝禅""轻舞飞扬"等，再看头像，头像是男的不加，看不出男女的不加，顶着一颗小丸子头的我也不加，只加长发披肩的那种。加了别人也不一定通过，通过的也不一定能聊得来。有时聊上几句就聊不下去了。等到下一次再登录，完全没有聊的兴趣。我还是只和段小丽有一搭没一搭地聊天。段小丽问：你没用我教你的方法加好友吗？我回：加了。她说：既然加上了就该和人家好好聊天。我说：聊不下去。不知道怎么聊。她说：聊天有什么难的。你和我怎样聊，就和别人怎样聊呗。我说：那不一样。她反驳：有什么不一样？QQ里的好友不都是一行字顶着一个头像吗？我说：还是不一样。她问：有什么不一样？我说：我也说不上来。感觉就是不一样。

　　因为段小丽，以前我只在周末的时候去网吧玩几个小时游戏，慢慢地就想每天都上网和她聊天，为此我问家人要钱买了一台奔腾486。宿舍到了十点半便停电，无法上网，我便跑到网吧去包夜，也没有心思玩游戏，只想和段小丽聊天。如果段小丽一直没上线，我就边看电影边等着。等到段小丽上线了，我就赶紧把早就想好的话敲出来发给她。段小丽说：很晚了，我要睡觉了。我说：晚安。看着她的头像变暗了，知道她已下线，便忍住和她说话的冲动。有时没忍住，还会再打一两句话过去。隔天她才回：那么晚你还没睡？宿舍不停电吗？我说：我在网吧包夜。她问：包夜是玩游戏，还是看电影？我说：玩一会儿游戏，看一会儿电影，困了就趴在电脑桌上睡一会儿。

等到了早上再回宿舍继续睡觉。她说：好端端的一个大学生，这样下去荒废了学业可不好。我说：不会荒废学业的。隔了一会儿，她又说：这样对身体也不好。段小丽终究还是察觉到了我的心思，说：我每天下班后会在单位待一会儿再回家，不如我们在那个时候聊天，等回到家我就不上网了，上网也不方便聊天。我妈烦着呢。我说：好。

就这样，我和段小丽有了我们的固定聊天时间段。因为是下班后，她偶尔会说一些她的工作内容。她毕业于南京林业大学，在一家花卉公司上班，主要和四时鲜花打交道。这让我觉得她也是暗香袭人的。我们聊的话题也越来越宽泛，音乐、电影、美食、星座、旅游，还有高中、大学时的经历，以及父母和家庭。我们会在QQ音乐上听同一首歌，也会在电脑上看同一部电影。下班的路上，她会偶尔给我打电话。宿舍歇灯后，我也会给她打电话。我们有说不完的话，QQ里说，电话里说，小飞机场的新专辑，朱文的小说和电影，索德格朗的诗歌，重口味的外国电影。

我不止一次地幻想过段小丽。她的长发、眼睛、耳朵、鼻子、嘴巴，她的背影、胸部、长腿，她的笑靥，她的幽香，她坐在办公桌前，她走在大街上。在QQ聊天的时候，我发送过视频聊天的请求，她拒绝了。因为在单位，因为没有摄像头。她说：你还是不要看我了，免得让你失望。我益发坚定了要一睹她真容的决心。我不是色情狂，但段小丽让我越来越欲火焚身。入睡前我满脑子是她，睡着后梦见的也是她，醒来后不翼而飞的还是她。我想见到她，对她说这个世界上最甜蜜的话，最不要脸的话。我想拥抱她，和她手足相对，心意相通。我想和她泥水交融，彻彻底底地融为一体。我想好好地感受她，也想让她好好地感受我。

四　花神庙

段小丽终于点头同意让我去见她了。就像北美那种十七年蝉一样，为了这一刻，我忍受了多么漫长的暗无天日的岁月。为了这一刻，我要雀跃欢喜，大声地拼命地鼓噪。段小丽终于让我去花神庙她所在的公司见她了。从虚拟的网络空间到真实世界，从我所在的校园到她所在的公司，我仿佛从段小丽的电脑屏幕里一步跨下，无比真实地站到了同样无比真实的她的面前。段小丽说：是时间我们该见见面了。我总感觉我们以前就曾见过，而你忘了。或者未来我们一定还会再见，为了提醒你，我们最好在现在见上一面。

段小丽啊段小丽，素未谋面的我们是该好好见上一面了。我要见到你，就像不远前世来到今生。我要把你的面容牢牢记住，为的是把这份记忆带到遥远的来世去。为了让这一切都顺顺利利，我首先要顺顺利利地来到花神庙。不管是打出租车，乘公交车，还是坐摩的，步行，我要拖着我这疲惫却昂扬、青春却衰老的身躯，穿过大半个南京城去看你。我要像一面猎猎作响的旗帜在你的面前尽情挥舞，像插上电的电吉他一样，你的手指一触碰便嗡嗡作响，像堆满了黑色火药一样被你的目光引燃瞬间灰飞烟灭。

唉，叮当作响的公交车行驶得太慢了。但即使这么慢的公交车，我依然愿意乘坐它前往花神庙。我不愿意坐在它的前面，生怕我的渴望会把车头压垮，我只坐在最末的位置上，尽量不引人注目，像船的尾舵一样，将船头抬得高高的，让船乘风破浪，也丝毫不偏离方向。从坐上公交车起，我的心便是一口时钟了，时针分针秒针全都被幸福击中，变得颤巍巍，简直就要软塌塌，这至福的经历，这永恒的记忆，让我浑身燥热，又浑身冰冷，不知冷热为何物了。我热切地注视着车窗外的景色，事实上我什么也没有看见。恍惚的背景正在变得越来越萧条，越来越偏僻。公交车正在往郊区行驶。我仔细聆听每一次报站名，但我什么也没有听到。我好像乘坐火箭在地图上旅行。多么漫长的几乎静止不会展开的"嗖"的一声啊。花神庙近在咫尺，段小丽的呼吸清晰可闻，但为了纪念这次旅程，我把空间切割了又切割，我把时间碾长了又碾长，这时空便飘飘荡荡悠悠忽忽如段小丽的目光一样了。我的心跳如打鼓，这时空便又如坚硬而又软塌的鼓面一样了。我骑着时间，又傍着空间，如倏似忽地向着花神庙前行。段小丽就像磁铁，我就像铁屑，只要她不排斥我，只要她允许我受着她的吸引，我便端坐在公交车上，一动不动地附着于她了，就像月亮附着于地球，就像地球附着于太阳了。

公交车的所有八个轮子都像着了火，我就知道花神庙到了，要不然空气中为什么汹涌着炸裂般的馥郁花香呢？摇曳流动的香气衬托出了花神庙的轮廓，我像饮酒过量一般，走在起伏跌宕的路面上，深一脚浅一脚，留下清醒一道迷糊一道的脚迹。花神庙像一颗圃匾一样颠得我头晕眼花，浑身的骨架都要散开了似的，就这样左筛一下右筛一下，不偏不倚把我抖落到段小丽的近旁。

我眼觑得分明，这就是段小丽，梦里几回见，缠绵哪肯休，这眉眼面目传情真切，这身段体态掩怀依旧。段小丽看着我嫣然一笑：你来啦。我说：我早就应该来啦。我也早就来过了。

段小丽的工位上，她的电脑开着，她的QQ登录着，头像不停闪烁。那都是我出发后给她留的言。"我出发啦""我到夫子庙啦""我到卡子门啦""我到中华城啦""我到明发广场啦"。段小丽点开留言，一一读出声来。她的声音欢快，这些文字信息好像印度飞毯一样接力把我运输过来。她倒水给我喝。她带我去参观苗圃。我努力克制着，稳住自己的心神，不至于或哭或笑，或唱歌，或手舞足蹈。在那里，我第一次见到悬空的兰花，第一次知道兰花是气根。如果我有气根，我的气根肯定也打开了。我尾随着段小丽，听她介绍各种兰花的品种，觉得她说的那些兰花，都能在她身上找到对应物。有的兰花像她的耳朵，有的兰花像她的眼睛，有的兰花像她的鼻子，有的兰花像她的嘴巴。还有的兰花更美，更神秘，我徜徉在兰花的花海里，灵机一动，想出了一朵花的名字：段小丽花。

在花神庙，我如愿以偿见到了段小丽，我无以复加地歌颂着段小丽花。在段小丽面前，语言是那么苍白，那么无力。语言远不及花丛散发的芬芳来得迅猛直接。我像一只蜜蜂，落在美丽妖娆的段小丽花上。段小丽和我预想的一样。段小丽比我预想的还要好。

五 告 白

南京入选世界文学之都后，有位记者在一号线列车上随机采访乘客。他问我读过哪些南京作家的作品，我说了范小青叶兆言苏童毕飞宇胡弦鲁敏。又问我最喜欢南京的哪一位作家，我说我最喜欢南鸟。当时列车正行经三山街。不知道什么原因，这里的手机信号非常差。如果有人这个时候在车厢里打电话，通话双方会完全听不到对方说的内容，因此有经验和默契的两个人都会不说话，等两分钟左右的静默过去，然后再重拾话题，完全不受影响。

当我说出南鸟的名字时，记者适时地沉默了两分钟，估计他在想南鸟究竟是谁。在列车驶往张府园时，我开始介绍南鸟。南鸟是一位地下诗人，曾经非常有名，其名声一度与北岛不相上下。据说，南鸟刚出道时，取的笔名就是"南岛"，自比为"南方的北岛""南京的北岛"。北有北岛，南有南岛，南北二岛双峰并峙。在大家都以为他即将写出传世佳作时，诗人南岛突然封笔，并且将自己的笔名"南岛"改为了"南鸟"。大家都不解其意，又因为他太不爱惜进而虚掷自己的写诗才华而感到愤怒。指责咒骂最多的便是：这个鸟人，估计脑子坏掉了，迟早要住进随家仓。

在大学时，我因为性苦闷，把精力都发泄在足球场上，因而认识了同样酷爱踢球的南鸟。当然，他坚决否认他是因为发泄精力而踢球，他之所以痴迷于踢足球不过是觉得只有在踢足球时才能体会飞翔的感觉。无论球踢得好坏，人在球场上都能化身飞鸟，不过由于天赋不同时间长短不一，有的人只有在射门时才能感觉到飞翔的快感，有的人却能整场都像一只鸟，老鹰、海东青、鹈鹕、百灵鸟，等等。

踢过几场球喝过几次酒后，特别是还踢赢了比赛喝醉了酒，我和南鸟变得熟悉起来，知道他居然是南京赫赫有名的诗人，也蛮吃惊的，忍不住用崇拜的眼神看他。他急忙制止，解释说：写诗的是南岛，现在坐在大家面前一起踢球喝酒吹牛的是南鸟。文似看山不喜平，山变成了一，也就没有文了。南岛已经是过去式，而南鸟顾名思义，就是南京的一个鸟人，是一个老杆子而已。

仗着踢球结下的交情，趁着酒意醉意上头，我鼓起勇气问他：南鸟老师，你写诗那么好，为什么突然就不写诗了？他说：我喜欢上了一个姑娘。那个姑娘说，如果我和她交换一下，由她来写诗，而我正经找一份工作去上班，她就和我谈恋爱。我毫不犹豫地答应了。南鸟说完，喝了一大口啤酒，说：这应该是我做过的最牛逼的两个决定之一。一个决定是写诗，再一个决定是放弃写诗。

我没想到写诗还能用作交换，爱情还能通过这种方式获得，忍不住问：那个姑娘为什么会提出这么奇怪的要求？南鸟有点生气地说：生活中哪有这么多为什么！我赶紧转移话题，抛出一个新问题：那后来呢？你们谈恋爱了吗？南鸟说：当然谈啦。她是我遇见过的最好的姑娘。我遵守诺言，不再写诗。而她则开始尝试写诗。说实话，她写的诗很差，全无章法，少数勉强可以称之为诗，大多数完全是狗屎。但是，她写诗投注的热情和因为写诗而获得的乐趣大大超过我写诗的时候。这让我很吃惊，进而很疑惑。我原本肯定也想过，等到分手之后，我还是可以写诗的，不算违背诺言。可是我很快改变了主意。我不是放弃了写诗，而是奉献了诗歌。诗歌和爱情是等价的。爱情可以换取诗歌，诗歌也可以换取爱情。但世界上没有什么是永恒的，爱情和爱过，诗歌和写过。既然流逝了，就要坦荡面对。一个诗人不能老抱着诗人的称号不放，一个诗人拥有其所创作的作品的所有荣誉，但未必意味着他接下来的作品也都是佳作，他很有可能成为了前诗人。恋人也如此，爱过之后，爱情退潮之后，很难保有当初的激情，恋人也就变成了前恋人，不再是恋人。一别两宽，再无羁绊。这样不是很好吗？在热恋的时候充分享受相爱的默契、甜蜜和愉悦，难以为继时便安静平和地分手。

我说：既然如此，那要说谢谢光临和承蒙款待吗？

南鸟说：相爱双方，原本就不存在厚薄之分。光临和款待都是相互的。我更愿意称之为"抵达"和"离开"，"互相抵达"和"互相离开"。这是缘分，也是福分。

六　抵达和离开

我陷入了沉思。如果南鸟为他期待的爱情奉献了写诗的才华，那我为我期待的爱情献出了什么。我献出的大概就是爱和爱过，仅此而已。爱时要倾情投入，爱过之后需洒脱。再如胶似漆的两个恋人，也很有可能面临分别，分别之后，就非亲非故，只是芸芸众生里的一个，看他再无差别，更无须区别心待之。

我和段小丽，自然是互相抵达了对方，其情也炽，其爱也烈。我们相依相伴，消磨了许多时日。我们的足迹更是遍及南京的大街小巷，也曾在鬼脸城墙下呢喃，或于山光水色中徜徉，在星空中比肩细数划过的流星，在朝露凝结时共迎旭日东升。

段小丽在加我QQ时，不过是随手之举，并没有念及以后。正如我在QQ上添加陌生人为好友时一样，标准是简单而机械的，无非是异性，无非是辨别趣味，再在审美上按条逐项地加以甄别，慢慢以时间之水浇灌，若是机缘凑巧，则水到渠成，一个人便慢慢占据了另一个人的空间，越占越满，而另一个也随之填满了这一个的空间。

无论是我的有心还是段小丽的无意，抵达都顺利达成了。段小丽加我QQ，是一种形式的抵达。我们越来越投机之后，我去花神庙，是另一种形式的抵达。我们的两情相悦、水乳交融，是又一种形式的抵达。有的抵达有先后之分，有因果之论，有的抵达却是完全的纠结态，是共同的缠绕和营造。

然而我还是太沉迷于这段感情了，迟迟不愿抽身离开。我的执念在于，我以为只要我停留在原地，停留在感情中，所有一切就不会成为梦幻泡影，我迷恋的段小丽也就不会从我心中消失，更不会从我的记忆中消失。我不断加固记忆，在记忆中堆砌感情的衣冠冢。明知这段感情已经寿终正寝，却假装它还有回青的可能。好像手里握有两张跨年演唱会的门票，我和段小丽就能冲破重重阻碍，如愿双双坐在台下，挥舞荧光棒，一起唱《二十岁的眼泪》和《南风》。

何况还有缱绻欢愉时光在记忆里的反刍，欲望就像沼泽一样吞噬着人的理智和意志。

惠特曼歌颂带电的肉体，但并不鼓励高擎白色烛光的饕餮晚宴。摩西带领以色列人来到迦南，坚定而仁慈地谢绝了豆蔻少女的侍寝，劝说她们离开，回到适合的人的身边。

难怪我会反复梦到梯猴。沉溺在欲望和幻想中，我不就是那只被困在梯子中的猴子吗？一次次抵达，这种在假想中的尝试，不过是心有不甘，不过是无功而返。想要彻底摆脱这样的困境，我需要一次彻底的离开。我不能一再对自己暗示多么怀念曾经的时光，不能假想段小丽也对这段情感恋恋不舍。事实是，她早就离开了，开始了新的生活。她希望我也能这样，忘记过去，迎接未来。